KB266737

조혜자 시집

사랑을 위하여

새로운사람들은 항상 새롭습니다.
독자의 눈과 가슴으로 생각하여 한 발 먼저 준비합니다.
첫 만남의 가슴 떨림으로 여러분을 찾아가겠습니다.

사랑을 위하여

초판1쇄 인쇄 2013년 11월 11일
초판1쇄 발행 2013년 11월 18일

지은이 조혜자
펴낸이 이재욱
펴낸곳 ㈜새로운사람들

디자인 이즈플러스(최은선)
마케팅·관리 김종림

ⓒ 조혜자, 2013

등록일 1994년 10월 27일
등록번호 제2— 1825호
주소 서울 도봉구 덕릉로 54가길25
전화 02)2237— 3301, 2237— 3316
팩스 02)2237— 3389
이메일 ssbooks@chol.com
홈페이지 http://www.ssbooks.biz

ISBN 978-89-8120-487-7 (03810)

* 책값은 뒤표지에 씌어 있습니다.

조혜자 시집

사랑을 위하여

마동욱 · 김선욱 사진

새로운사람들

詩를 쓰되 詩集은 먼 훗날 한 권쯤 내리라 했건만….

부족하고 미천한 내 시를 읽고 공감할 수 있는 그 누군가 있다면,

뒤늦게 시작한 나의 새로운 시작詩作이 그 누군가에 조그만 힘이 되어 준다면,

내 시가 그리스도의 사랑을 전할 도구로 쓰일 수 있다면….

그렇다. 부족하다면 부족한 대로 현재의 내 마음과 내 영성과 내 기도를 담은 시집을 엮어도 되리라는 믿음으로, 그러나 한없이 부끄러운 심정으로 조심스레 시집을 펴내게 되었다.

그 동안 내 반생, 아니 내 전 생애를 알알이 이 세상에 내던져 놓은 듯한 부끄러움과 아침 이슬을 머금은 들꽃을 만나는 듯한 설렘이 교차한다.

그럼에도 나는 이제 오직 하나님의 사랑으로 세상 앞에 더는 부끄러워하지 않고 더욱 당당하게 맞서리라는 소망과 믿음을 확신한다.

그리고 앞으로도 시를 통해 그리스도의 무한한 향기를 널리 전하는 아름다운 시인의 길을 걷는 시인으로 남아지길 희망하고 기도한다.

부끄러운 내 가슴을 세상 밖으로 불러내어 세상과 당당하게 맞서며 시인의 길을 걷도록 해 주신 김선욱 선생님,

여중학교 때 당신의 습작시 노트들을 건네주어 몇날 며칠 밤을 새우며 시를 배우고 공부하며 시인으로서 꿈을 꾸게 해 주셨던 영원한 나의 스승인 구자원 선생님,

미숙한 내 시를 평해주시며 용기를 주신 성기조 선생님,

시가 좋다, 며 묵묵히 마음으로 크게 후원해 주신 한경원 목사님….

그리고 내 삶의 기둥이 되어주시고 부족하지만 성심껏 기도하며 믿음을 지키
도록 이끌어 주신 하나님 은혜에 감사드리며, 아울러 나의 오늘이 있기까지 응원
해준 사랑하는 부모님과 아들딸 그리고 가족 모두와 이 기쁨을 나눈다.

2013. 8월 말복에

조혜자

contents

일월산 둥근이질풀@김선욱

연꽃

님이 오지 않는다고
어찌 내 삶을 묻으리
풀빛 옷이 무더위를 덮는
환한 그날이 못내 그리워
이 초하에 꽃을 피운다

하얀 새털구름이 불러 온
눈부신 바람이 내 잠든 영혼을 깨워
기나긴 봄 밤 내내
시름 많던 세월을 잠재우고
진흙 방죽에 뿌리 내리고
물 밖 세상으로 나왔으나
꿈결에서도 기다리는
무정한 님은 아니 오는가

님이 오지 않는다고

어찌 내 그리움마저 피우지 않으리

어느 날인가 불현듯 찾아올

님을 기다리느라

다급한 마음에 씨까지 함께 키우며

비가 내려도 내 몸에 묻은

물 한 방울까지 털어내며

진창을 탈출하며 견디어낸

오랜 외로움도

환한 웃음으로 피워내며

홀로 외줄 꽃대로

일어선다

백두산 천지 야생화 © 김선욱

들꽃의 꿈

그대는 내가 그대 곁에

머무는 환희를 주었지요

내가 그대를 좋아하는 건

늘 깨어있는 그대의 눈길도

따뜻한 가슴도 아니고

눈물로 다가오는 외로운 숨결이었습니다

이제, 그대 눈물이 강물 되어 내게로 번져와

함께 눈물 강을 타고 정처없이 떠나는

꿈을 꿉니다

세상의 온갖 서러움을 담고

사람들의 눈물을 모아 흐르는

눈물의 강을 건너가는 건

내 삶에서 가장 어기찬 행운입니다

종국에는 바다로 흘러

바다 저 끄트머리에서

만길 낭떠러지로 떨어지며

내 몸 산산이 부서지더라도

아 눈물강을 함께 건넜다는

기쁨이면 됩니다

꿩의 바람꽃 © 김선욱

들꽃 사랑기

피어남으로

홀로여도 외롭지 않고

피어남으로

밤이 춥지 않고

피어남으로

비바람이 두렵지 않고

피어남으로

그리움도 서러움도 무한정 퍼 올려

환희의 내 사랑 찾아올까

눈 감지도 못하고

마침내 님이 찾아오지 않은 채

내 생이 사위어가더라도

후생에도 다시

꽃으로 환생하여

내 사랑 찾으리니

유홍초@김선욱

들꽃 사랑·2

그대와 사랑은

2012년 10월 어느 날 시작되었지

마을 뒷산 기슭 마른 풀섶에

살포시 고개 내밀어

청아한 미소 지으며 내게 안기던 너

하얀 씨앗들을 바람에 풀풀 날려 보내고

바짝 마른 몸뚱이로 한 겨울 지나

네 몸뚱이 흙에 묻히면

너와의 사랑도 사라지겠지만

초롱초롱한 네 눈동자

달콤한 입술

내 혀에 불을 당기던 뜨거운 입 속

따뜻하던 가슴

내 몸이 기억하리

서늘한 그리움으로

영원히 가슴 속에 남으리

들꽃 사랑 3

이름이 없어도

아니 이름을 몰라도 좋다

그 어디에서든 하늘 아래이면

이 지구별에서 가장 아름다운 존재로

환하게 피어나는 그대

보기만 해도

가슴이 쿵쾅거리며 뛴다

엉겅퀴 개망초 며느리밑씻개라는

하찮은 이름으로 불려도

버려진 땅에 보는 이 없이

외롭게 피어도 상관없다

꽃다운 이름으로 피지 않아도

설혹 미움의 그늘에

홀로 피어도 좋다

나 쓰린 가슴으로

티 없이 맑은 가슴으로

억누를 수 없는 뛰는 가슴으로

그대 찾아가 만나므로

그리운 몸짓으로 일어나

사랑을 피우는 그대여

나 들꽃의 이름만으로

너를 사랑한다

생긴 그대로의 그대 얼굴이

신이 선물한 최선의 아름다움이므로

그대는 나 살아있는 동안

또 하나의 축복이므로

천관산 억새 © 김선욱

천관산 억새

질긴 생명력으로

천관산 기어올라 터 잡아

봄바람 풀벌레 소리에 살찌운다

어둠이 내리고
유성 하나 길게 떨어질 때
쪽진 머리 풀어 산 능선을 뒤덮으니
새벽이슬 질퍽하니 애모한다

바람 맞는 여인의 춤사위로
걸팡지게 한마당 어우러지며
하늘 아래 산상 화원이 펼쳐지니

풍운의 젖가슴 열어젖힌 몸짓에
하늘도 숨을 죽이고
시선 머무는 곳마다 그림이구나

아 메말라버린 속내가
소리 내어 우니
그리움의 단내가
천관산을 뒤덮는구나

갈대의 노래

보이는 것이 다가 아니므로

보이는 것만으로

섣부른 생각일랑 접어두오

서로 얽히고 설킨 뿌리가

힘을 함께 나누고 섬기며

사랑으로 하나 되었음이니

거센 비바람에도 꺾이지 않고

함께 무리지어 피어나니라

지나가는 바람도

따사로운 햇살도

신선한 공기도

사랑으로 우리와 하나 되며

하모니로 이생의 사랑을

함께 찬양하니라

장흥 갈대 © 김선욱

언젠가 사랑이 이루어 질 것을
소망하는 이들이여
아름다운 사랑을 꿈꾸는 이들이여
사랑하고 또 사랑으로 살아감은
창세전 사랑으로 명명됨이니
마땅히 그 사랑을 노래하리

겨울나무

너를 보내고 나면

나는 속속들이 낭자해진

벌거숭이가 되었다

서늘하게 다가와 단내 물씬 뿜어

시린 허리 헛헛해지도록 짓뭉개는 여린 미풍에도

살아 튀는 빛으로 다가 와 간신히 버텨 선 나를

신열로 까무러치게 하는 살가운 훈풍에도

나는 쓰러지지 않으려고

결빙의 옷가지로 겹겹이 감쌀 뿐이었다

부질없는 일이었지만

그게 내가

살아가는 이유이므로

장흥 평화리 메타세쿼이아 길 © 마동욱

겨울나무2

동짓섣달 긴긴 밤
볼따구 벌게지고
삭풍한설에 머릿속이 혼미해져도
무채색으로 나를 채근하며
의연히 감내하리

가이없이 애처로와
님이 선사한 명주적삼 생각하며
엷은 미소로 화답하고
묵언으로 나를 곧추세우며
더더욱 승할 수 있음은
내 가슴 안에 뛰는 새 생명 품어서이니

겨우내 묵묵히
내 뿌리의 지경을 넓혀나가는 일은
나의 유일한 소명이리

장흥 평화리 © 마동욱

단풍 © 마동욱

단풍잎

세상 밖으로 나오려 고갯짓할 때

내 첫사랑은 티 없이 맑았다

시퍼렇게 녹음으로 우거지면

세상을 향해 푸르게 노래 불렀지

갈바람 스며드니
지난 세월이 아프게 다가오지만
내 몸 여위어 사그라지던
무서리 내리던 긴 밤
일곱 색깔 무지개
나를 감싸고
사랑을 속삭인다

여기 저기 탄성이 터지고
환호성이 귓가에 쟁쟁하지만
외로움은 가슴에 스미니
부끄러움 털어내고
고이 아껴둔 전라의 몸 드러내니라

그러나 어이 하리
이것이 내 사랑이며 숙명이려니
모진 삭풍에 눈물은 얼어붙고
기어이 내 목숨도 스러지니라

눈꽃 © 마동욱

눈꽃1

간밤에

온 누리가 눈꽃으로 뒤덮였다

누군가 마법을 걸었나

어느 화가 일필을 휘갈겨

하얀 나라 화폭을 펼쳐놓았나

하늘 문이 빗장열고

잠시나마 검은 세상 잊고 싶어

눈꽃을 퍼부었나

밤새 내 가슴에 숨죽였던

그리움도

툭툭 터지며

하얀 눈꽃으로 피어난다

눈꽃 2

하늘 문 빗장 열리고

하얀 천사들이 내뿜는

사랑의 씨앗들이 모여

하늘하늘 가이없는

춤사위 돋구며

진종일 흐드러지게

피어 내린다

온 누리 메우는
꽃들의 은은한 향기에
내 작은 가슴에 움트는
짓무른 그리움도
저 하얀 산하에 산산이 뿌려져
제 모습 온전히 드러내는
풍성한 은혜이길

내 몸뚱이 달아올라
하얗게 물들인 채
온 누리 축복으로 물들이는
하얀 눈꽃이길

개양귀비 © 김선욱

개양귀비꽃

옥구공원 산정에서 먼발치로만

점점이 얼굴을 드러내던 널

만나러 십리 길 돌고 돌아

널 보니 가슴이 뛰는구나

한두 해면 아파트단지 들어 설

버려지고 출입금지로 인적도 끊긴 땅

끝이 보이지 않은 박토에서

찬란한 꽃 세상을 피워냈구나

세상을 향한 그리움인 게냐

님을 향한 사랑인 게냐

하늘하늘 선홍 핏빛으로 춤추는 게

섧고 설은 한 때문인 게냐

해가 지고 있어도

발길이 떨어지지 않으니

네 안타까운 그리움이

내게로 전이됐나 보구나

내년에는 나 보지 못하더라도

원망하지 마라

네 사랑 올올히 가슴에 담았으니

네 사랑 영원히 기억하며

내 가슴에서 찬란히 꽃피우리니

은방울꽃

넓은 잎새의 그늘 아래로

얼굴을 숨긴 이유를 모르시나요

부끄러워서도

죄 지어서도 아닙니다

더없는 순백의 사랑을

홀로 키우기 위해서입니다

이 세상에서 가장 아름다운 소리로

님을 찬양하기 위해

지고지순한 순결한 소리를

갈무리하기 위해서입니다

제 목소리 듣길 원하시나요

가슴을 열고 귀 기울이면

나지막한 제 소리를 들으실 수 있습니다

님을 향해 간절히 부르짖는

청아하고 낭낭한 종소리

맑고 깨끗한

영혼의 종소리를

화사하게 피우는 정열은 없습니다

고매한 표상으로 과시하지도 않습니다

누군가의 시선도 아랑곳없이

가장 낮은 자리에서

때 묻지 않기를 바랄 뿐입니다

오로지 님 그리는 열망으로

님을 찬양할 뿐입니다

내 삶이 다하는 순간까지

보성 대한다원 ⓒ 김선욱

죽竹의 사랑

사철 푸른 달빛으로 물들이고

사철 푸른 바람으로 몸을 씻겨내며

솟구치는 그리움을

마디마디에 끊어 담으며

오직 한날을 그리는

늘 푸른 사랑

비우고 또 비워

텅 빈 가슴이 되었을 때

비로소 부를 수 있는 사랑

밑동이 잘리어 생명을 다하는 날도

뿌리는 살아 또 다른 생명을 탄생시킬 수 있어

결코 꺾어질 수 없는 사랑

내가 꿈꾸는

님에 대한 사랑입니다

죽竹의 일생

어미 뱃속에서 튀어나온 후 깜깜한 땅 속에서 이리저리 헤매며 잔뿌리 내리고 세상 구경 참아내며 둥치 키우길 4년째 비로소 땅 뚫고 싹을 틔우니라

모진 풍파 몰려와도 땅 속 깊이 사방팔방 뿌리내려 내 몸뚱이 쓰러질 일 없으니 이제 하늘 높이 솟구쳐 오를 일만 남아 하룻밤 어린애 키만큼 자라고 석 달 만에 어른 키 배쯤이나 자랐니라

어찌 짧은 시간에 그리 자랐느냐 함부로 말하지 말라

남들은 땅 밖에서 제 몸뚱이 키우는 동안 난 땅 속에서 땅심 빌려 뿌리 알알이 가꾸었니라

남보다 한참 뒤늦게 세상 밖으로 나와 세상 구경하고 싶은 간절한 마음으로 하늘만 향한 염원 풀어놓은 덕분이니라

나 꽃 피우지 못한다고 말하지 말라

해마다 한 해 걸려 꽃피우는 남들이 전혀 부럽지 않노라

꽃 피우면 지는 게 세상 이치이지만 난 꽃 피우지 않아 일흔 해 이상 오래 사는 것으로 위안하노라

일생에 단 한 번 꽃피우고 죽는 것이 내 운명이지만 이런 내 아픔을 너희가 어찌 알리

단 한 번의 꽃을 위해 평생 치장하며 그리움 지피는 나의 아픔을

스치는 인연 켜켜이 마디마디에 쌓아놓지만 그 사연 병이 될까 봐 죄다 버린 채 허전해진 가슴앓이를 해온 지 그 얼마인지 너희가 어찌 알리

내 님에 대한 지조는 사시사철 푸른 잎으로 내 님 향한 절개는 곧게 뻗은 줄기로 증언하거니와 마지막 피운 꽃마저도 수수하기 이를 데 없으리니

아 내 사랑은 오로지 참되고도 참됨에 있음이니라
먼 훗날 견딜 수 없는 그리움에 사무쳐 나 허연 꽃 피우고 죽어지면 비로소 너희가
내 눈물겨운 사랑을 알리라

정남진 바다 © 김선욱

제2장

탐진강 ⓒ 마동욱

눈물 한 방울

영하의 밤이 두려운 사람들

밤이면 유치찬란한 꿈을 꾸지만

하늘을 나는 영혼은

만인보다 자유롭다

하늘 보기 부끄러워

땅 속으로 파고들며

납작 엎디며 숨을 고르다

숨이 막혀 숨을 놓고 마는

신도 외면한

어느 노숙인

빈 거죽만 남은

그의 메마른 볼 위에

맺힌 눈물 한 방울

종일 내 가슴 속을

후빈다

그도 사람이었다

탐진강 분수 ⓒ 김선욱

분 수

밑으로만 흐르던 물이

창공으로 솟구친다고 탓하지 마라

하늘에 닿으려는 꿈 때문이니

매번 이루지 못하는 허망한 꿈이지만

그것만이 유일한

자유의 몸부림이어서이다

솟구칠 때 한 몸인 건 꿈이 너무 간절해서이다

꿈이 간절한 만큼 높이 솟구치지만

높이 솟구칠수록 좌절도 크고

몸뚱이는 더 많은 갈래로

찢어지는 것을 모르지 않지만

그럼에도 그 아픔 감내하며

매번 높이 더 높이 솟구치려하는 건

떨어지며 더 많은 물안개를 일으키고

선연한 무지개도 더 많이

만들 수 있기 때문이다

폭포의 낙하수가 아닌

역류수로 네가

아름다운 이유이다

호수

늘 그 자리에서

빛도 그림자도

묵묵히 담기만 했다

가슴을 꿰뚫고 흐르는 그리움을

짓누르고 짓눌러

저 밑바닥에 묻어 둔 채

모질게 길고 긴 세월을 견디며

어느 한때는 간절했다

갇힌 세상이 낯설어 내 그리움이 하늘로 용솟음쳐

댐을 허물어뜨리며 흐르기를

이제 난데없이 달려드는 물안개도

몸속까지 파고드는 거친 바람도

말없이 지켜보기만 한다

이제 가슴앓이도 하지 않는다

내 사랑을

찾았기 때문이다

하여 가슴을 활짝 열고

하늘을 우러르며

내 가슴의 평화를 키울 뿐이다

아침마다 다른 세상에서 눈 뜨는

늘 새로운 사랑을 담으며

장흥 평화리 © 마동욱

서설 瑞雪

섣달 그믐날

기어코 봉인된 하늘 문 열리니

순백의 눈송이가 하늘에서 춤을 춘다

겨울바람은 음률처럼 흐르고

흰 눈의 춤사위가 황홀하다

나뭇가지에 매달린 눈송이가

꽃처럼 아름다운데

세상은 흰 이불을 덮고

잠에 취했다

봄비@김선욱

봄비 맞으며

이제야 오시는가

벌건 대낮이 부끄러워

어둠 타고 오시는가

아니 오시는 듯하더니

오시는 기미도 보이지 않더니

내 가슴 메말라 타들어갈 참이었는데

이 밤에 오시는가

님 맞는다며 온 천지가 부산했드랬지만

난 설마 하며 깨어 있지도 못했는데

그런 나를 부끄럽게 하며 찾아오는 님이여

내 미지근함이 부끄럽구려

항상 깨어 준비하라신 님의 말씀 잊었으니

이제라도 내 몸 다 내 주며

님을 뜨겁게 맞이하네

이 비 그치면 온 누리에 새 기운이 돋으리

이 비 그치면 온 누리에 희망도 힘차게 솟으리

아 내 가슴에도 나날이 감사해 하는

부활의 삶이 이어지리

봄이 오는 소리

나붓나붓 오시려나
새초롬히 오시려나
부푼 가슴 꼭꼭 처매였다가
살가운 바람 불면
배시시 웃으며 오시려나

내 님 맞으러 가는 길
멀기만 하네

곱은 손으로 아린 가슴 옷고름 푸실까
온몸의 피돌기 자글자글 아우성 솟구치고
심장 박동소리 부스스 기지개 켜니

님이여
귀엣가 간들거리는 입김으로
기척 없이 살방살방 오시게나

탐진강 © 마동욱

봄의 편지

겨우내 가슴으로 쟁이어 담았지만

이젠 뜨거운 눈물로 내 몸 적시며

다가오는 그대는

새로운 사랑이어라

비명을 감춘 채 상처뿐인

산야의 뭇 생명의 순정한 침묵을

생살이 찢기는 쩡쩡한 소리로 끄집어내고

온 몸이 눈물뿐인 뿌리에 입맞춤하는 그대는

새로 시작하는 사랑이어라

이제 저 비 그치면

뿌리에 담아둔 눈물이

용솟음치며 푸른 물결 출렁이는

꿈을 꾸게 하리

그리운 사람아

나 겹겹 겨울 산허리 헤매일 때

칼바람이 가슴을 휘휘 내갈기고

절망은 눈발 되어 흩날렸다

걸어 온 길이 진리라 믿었던

나의 순수는 무너지고

미처 펼치지 못한 꿈들은 산산조각이 났다

어디에도 길은 보이지 않았다

눈물로 다가 오는 사람아

이제 저 비 그치면

네 가슴 내 가슴 활짝 열어젖히고

푸르게 봉홧불 불씨 키우며

서럽고 아프게 부둥켜 안고

낯설지만 서로의 눈짓으로

새 길 익히며 걸어가리

이젠 네가 가지 못했던 길도

내겐 여백으로 남겨두었던 길도

우리 모두에게 지워졌던 길도

새롭게 열리고 뚫리리니

오래 전부터 꿈꾸어 온

푸르고 환한 날들도

환히 피어나리니

외로움이라는 것

난데없이 찾아와

가슴을 뒤흔든다

빙벽만큼 깨뜨릴 수 없는 두께로

해저의 늪처럼 측량할 수 없는 깊이로

너의 정체는 도대체 뭐냐

귀엣말로 꼬드기는구나

차가운 냉소로 흘려버리라고

내일이면 오늘과 다른 해가 떠오르듯

내게서 물 흐르듯 흘러갈 것이니

그만 잊어버리라고

그럼에도 정이 바위를 쪼아대듯

너는 날을 세워 내 가슴팍을 후벼댄다

너의 숨소리 내 머릿속에서

석공의 망치소리처럼

쉬임없이 메아리친다

아 너 딱따구리 되어

내 머릿속에 살고 있구나

탐진강 © 마동욱

묘지에서

구슬픈 장송곡 부르며
묘혈에 너를 묻고 흙더미로 채우고
봉분도 만들었다
봉분 위로 잔디도 푸르게 자라
흘러간 시간만큼 너의 육체는
부패되었으리

그런데도
너의 심장은 살아 있구나
심장만이 살아남아
힘차게 싹 터 올라
내 가슴 속으로 옮겨 붙어
새 심장으로 부활한다

이젠 내 가슴 속엔
나대신 네가 산다
내가 죽어야
너도 죽을 것이다

탐진강 © 마동욱

꿈꾸는 땅

잔등에 가난한 꿈 하나씩

짊어지고 사는 사람들의 땅이 있다

매번 허망히 산산이 부서지고 마는

그러나 포기하지 않고 또 꿈 하나씩 키우는

하여 늘 외로이 포효하는

파도 같은 꿈을 키우는

사람들의 땅

탐진강 ⓒ 마동욱

아무도 찾지 않아
날이 갈수록 잊혀지는
세 끼 밥줄에 목숨 건 사람들이 사는
천덕꾸러기 같은 달동네

하지만 꿈이 있어
서로의 가슴을 나누는
따뜻한 사람들이 사는 땅

새로운 날
새로운 태양이 뜨니
피폐해진 가슴들 위로
또 꿈 하나하나가 잉태하고
그 꿈들이 영글어 간다

정남진 바다(남포) © 마동욱

장례식장에서

눈물 없는 곡소리만 들리고

한쪽에선 화투치며 날밤 새우고

또 한쪽에선 인생이 어떻고 죽음이 어떻고

인생을 다 살아본 사람들처럼 떠들어 댄다

어둠이 물러나는

새벽녘의 장례식장은

기괴한 정적이 흘러

비로소 삶과 죽음의 경계를 생각해 보니

아 헤적거리며 왔던 길

오랜 방황 끝내고 가니

그 이름 하나 가슴에 묻는구나

인생은 그렇게 왔다 가는 것을

탐진강 © 마동욱

보름달

어둠이 채 내리지 않은

일몰의 하늘에 실낱같은 희망으로

잠깐 나타나

일과 마치고 귀가하는

내 어깨 어루만지던 보름달

할머니 두런두런

자장가 소리도 귀 기울여 듣고

초승달만큼 짧게 잠드는

손주 어르는 소리도 엿듣고

옆집 새댁 네 알콩달콩 사랑에

반달 미소 짓고

사랑채 할아버지 헛기침 소리에

화들짝 놀래기도 하더니

기어코 보름 후에

온전한 제 모습 보여주는 보름달

대낮같이 환한

달 달덩이 닮은 손주의 환한 웃음에

아비 얼굴도 어느새 보름달로

활짝 피어난다

달동네 성탄

 하늘과 가장 가까이 맞닿은
감추거나 드러낼 것 없는
누더기 이불 덮어 쓴 판자촌
캐럴송이 애달프다

말씀은 낮은 담장 새로 흘러들고
가슴이든 대문이든 항상 열려 있어
성탄의 의미 더욱 절절해지지만
찾는 이 없어 휑뎅그렁하고
갈 곳 없는 바람 한 줄기만
문지방에 내 걸린 목 늘어난
아빠 양말을 휘익 돌아 지나갈 뿐

허리 필 겨를 없는 일과 마친
어른들이 고단한 허리 누일 때
산타를 꿈꾸는 아이들 머리맡에는
곰 한 마리도 졸며
함께 꿈꾸고 있다

한강

태백 검룡소에서 솟은 샘물

흐르고 흘러야 맑아지며

되살아나는 순리에 좇아

계곡 따라 굽이굽이 돌아 흐르며

퍼 주고 나눠 줘도 끊이지 않는 샘물이 되며

땅을 적시고 사람들을 살리는구나

물줄기 가로막아 스물여덟 개 교각이 세워져도

오물이 흘러들어 숨통을 옥죄어도

밤낮으로 유람선 띄워 잠 설치게 해도

묵묵히 아래로 흐르고 흐르며

나 흐르듯 사는 것이 착한 삶이라며

낮은 곳으로 떨어지는 게 순리라며

팔당수문에선 제 몸 기꺼이 망가뜨리고

상처 내며 외치는구나

나는 여전히 너희를 사랑한다고

어느 죽음 앞에서

한 앰뷸런스가 급정거한다

이생과 저생을 넘나드는

젊은 아낙의 거친 숨소리가

턱 밑까지 닿는다

기어이 얽혀 마주 쥔 손 풀어지며

고개가 꺾여진다

그녀 영혼은 머리 위에 머물고

누군가 연수가 다하였다, 한다

사자死者의 그림자가 머물고 있는 얼굴에는

여태 꽃피우지 못한 풋풋함이 섞여 있다

그 영혼은 어디로 흘러갈까

황망해 하는 표정들

끊어질 듯 토해지는 절규들

바람 한 줄기 불어와

긴 머리칼을 쓸어내리고

한 생명이 그렇게 갔다

아무 연고 없는 내 가슴을

세차게 두들기고

잠을 내쫓으며

계룡산 연수원 기슭

가을이 차분히 내려 앉아 있다

넓은 잔디구장엔 누런 물감 쏟아졌고

하늘은 가을을 껴안고 잠들어 있다

오늘 이 땅의 경제라는 놈도 가을을 맞았고

이제 월동을 채비하는가 보다

젊은 여교수의 감미로운 말
희끗희끗 나이든 남정네들 코 고는 소리
잠을 부른다

귓가에 맴도는 여자의 말, 말,
코골이들의 소리, 소리,
졸음과 끈질긴 대치로
머릿속은 텅 비어 가고
경제는 깊은 터널이란다
시대 변화에 적응하란다
과거는 미래의 거울이란다
더불어 사는 세계이므로
그러나 소망은 간신히
희끗희끗…

아 잠 쫓기 힘이 든다
잠이 속삭인다
그만 내쫓고 잠 속으로 빠져들라고

정남진 바다 ⓒ 마동욱

하루살이

천일 동안 물속에서
단 하루의 삶을 위해
스무 번도 넘게 허물 벗고
이 땅에 한 생명으로 태어나
뜨는 해 한 번 보고
지는 해 한 번 보노라
단 하루 동안 창공을 비상하며
자유를 만끽하며 짝을 만나
단 한 번 섹스하고 숨을 거두노라

인생 백년도 영겁에선
하루 같은 시간일지니
백년을 아주 가볍게 하루같이
그러나 하루를 치열히 백년같이 사는
하루살이

단 한 번의 사랑으로
영원을 사는
네 삶이 부럽다

억불산 편백숲길@김선욱

길

산중에서 길을 잃어 헤매다가
산인山人에게 길을 물었다
지금 걷는 길이 길이라고 했다
그래도 의문스러워 산인을 뒤따르면 되느냐고 물었다
묵묵부답이어서 산인의 뒤를 따랐다
산인은 하산 길이 아니었다
아차 싶어 어느 순간 등을 돌렸다
산인은 등하산 길도 모르면서 산을 올랐느냐며
끌끌 혀를 찼다

산인이 떠난 뒤
처음 길도 놓치고
다시 헤매고 말았다

겨울바다는 그리움을 기다리고

― 외포 앞바다에서

바닷물이 빠져나간 빈 갯벌

뿌리처럼 동체를 뻘 속에 묻은

버려진 어선 한 척도

공동묘지처럼 길 떠난 게들의 무덤들도

님을 잃어버린 기러기 한 마리도 외롭다

겨울 바다는

모래톱에 남는 발자국도

바람으로 지우면서

나그네 발길도 거부한다

잠자는 먼 바다 위를 유영하는 갈매기도

외롭게 울부짖으며

가슴이 얼어붙은 이는 거부한다

겨울바다는

가슴이 아픈 사람의 그리움을

기다리는 것이었다

그리움의 불꽃으로 피다

— 바다1

붉은 해도 삼키고 수평선마저 빨아들이고

이제 산도 삼켜버린 밤바다는

거친 숨으로 헐떡거린다

세상의 모든 것을 삼키느라

얼마나 발버둥치고 있는지

허연 바다의 속옷들이 물이랑에 떠밀려

산산이 모래톱에 흩어진다

산과 바다가 하나 되고

삶과 죽음이 하나 되어

그렇게 스스로 생채기 내며

검은 상복으로 갈아입고

설움의 깊은 골을 파는 밤바다는

파도에 찢기어 헤어진 속살을

알몸으로 끌어안고 비비며

어두울수록 화려해지는

불꽃같은 그리움을 피어낸다

나도 철벽의 가슴에 가뒀던

그리움 드러내 아침 이슬 같은 눈물로

고해하듯 밤바다에 풀어 놓는다

서해에서

— 바다2

어둠이 내려앉은 해변

바람은 내 몸마저 지우려

부단히 애쓴다

갈매기 울음 섞인 어둠을 풀어

하늘도 다 허물어 내린 수평선도 삼킨 바다

내 가슴 속에 들어와 있던

울부짖기만 하던 물새 한 마리

내 뇌 속에 고여 있던 님의 영상

내 피 속에 섞여 있던 님의 피톨기

내 뼈 속에 들어있던 님의 골즙도

죄다 지우고 기어코 나마저 지우니

나의 그리움은 차디찬 바다의

깊은 늪 속으로 빠져든다

나를 지우고 님마저 지우며
내 가슴 안으로 파고드는 파도의 입술
어느 누구 손에도 잡히지 않는 싯퍼런 피
안개가 되어 밤마다 돌아눕는 숲들의 뼈
수많은 사내의 생애를 적시던 파도의 꽃들
아 멀리 떠나버린 바다 사람들이여
돌아오라, 돌아오라고 몸부림치던 아내들이여

밤바다는 정지된 시간의 끝에서
어느새 내가 되어 있었다

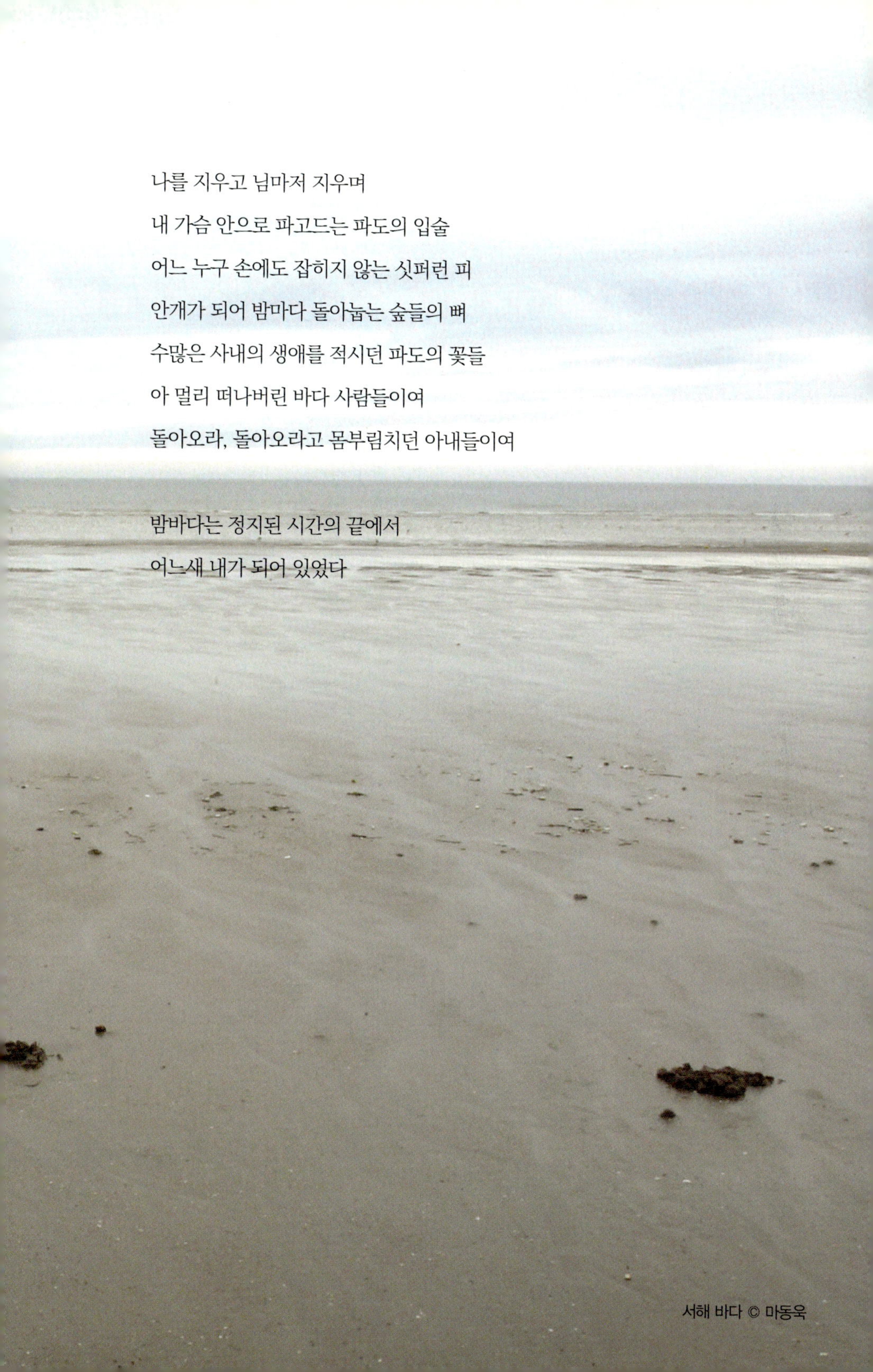

서해 바다 © 마동욱

정남진 바다 ⓒ 김선욱

어촌에서

— 바다3

한적한 어촌의 가로등 불빛들이

바다의 팔 끝에 매달려 있다

만장처럼 줄줄이 버티어 선 채

애써 졸음을 털어내며

자욱한 물안개를 이불삼아

마을은 땅 끝에서 바다를 애무하느라 맥이 빠지고

바다는 땅 끝을 애무하느라 날숨 들숨이 가쁘다

누가 밤바다를 외롭다고 하랴

제 몸뚱이 퍼질러 드러눕힌 채

어촌도 삼키고

별들도 부등켜안고 하늘과 한 몸 되니

어촌은 밤하늘도 내려 와 묵는 신혼방이다

불빛도 졸음에서 깨어나니

어촌은 저 멀리 잠든 여명을 깨우며

더 맑아진 얼굴로 부활한다

정남진 바다 ⓒ 마동욱

겨울바다와 눈꽃 전설

— 바다4

　겨울바다는 한밤 내내 춤추며 내리는 눈꽃을 잠 못 들며 거부했다 차라리 몸살이나 앓자며 출렁이며 눈꽃을 삼켜댔다 삼켜도 삼켜도 그리움을 몰고 더욱 환호하며 내리는 눈꽃은 바다의 속살, 바다의 피돌기까지 파고들며 숨져갔다 바다는 종내 힘이 부쳐 눈꽃의 넋이 된 허연 눈물을 쏟아내고 피까지 허옇게 토해내며 밤새 바닷가를 두들겨댔다 바위에 부딪치며 포효하는 바다의 울음은 서러운 눈꽃의 울부짖음이었다

　겨울이면 눈꽃의 후예들은 바다를 찾아가 선인들의 넋을 위로하듯 바다 위에서 화려한 군무를 추다가 일순 자폭하듯 바다 위로 꼬꾸라지고 또 다시 하얀 파도로 환생하고 그 몸뚱이마저 바위에 산산이 부딪치며 죽는다고 한다
　서럽고 서럽게 호곡하며

영양군 주실마을 © 김선욱

탐진강 © 마동욱

노을

막 버스가 올 무렵이면

어무이는 서녘 하늘을 오래 바라보았다

그림자보다 길게 드러누운 아픔을 가슴으로 끌어안고

몇 해째 집 찾지 않는 딸을 생각하느라

행여 오늘은 오리라

무망한 꿈 한 짐

어루고 다독이다

산 넘어 산을 넘어 달려가고

기어코 속으로 감추느라 붉어진 눈물이

서산 하늘을 가득 물들인다

주실마을 © 김선욱

농촌의 봄

한 점 한 점 간간이

이어지는 바람

어디서 몰려오는 것일까

농가 사랑채 문풍지

프르리 프르리

슬피 울러댄다

골골하는 팔순 노인의

잔기침 소리에도

프르륵 프르륵

설핏한 햇살 한 줌도

소리 없이 섬돌 위에 내려앉아 졸다

문풍지 소리에 소스라치게 놀라 달아나고

세월의 무게에 짓눌려 졸던

한 집 건너 빈 집뿐인 농촌 마을도

기지개켜며 일어서고 있다

농촌의 봄은

그렇게 오고 있었다

고향의 봄날

하얀 나비 떼

탱자꽃 울타리에 춤추며 내려앉으니

텃밭에서 김매던 어무이 머리를 뒤집어쓴

하얀 수건도 나폴나폴 춤추고

여린 햇살은 천지를 휘젓고 싸돌아댕기다

마당에서 숨 고르고

나비들은 배추꽃 무꽃 쑥갓꽃에
고단한 날개 접고
나른한 졸음에 빠진다

나물로 가득한 대소쿠리 머리에 이고
잰걸음으로 달려온 어무이
딸 부르는 소리에
나비들이 화들짝 놀라며 떼 지어 날아오르니
마당에 잠들던 햇살도 저만큼 도망치고
어무이 환한 미소에 탱자꽃 향기는
모락모락 피어오르는 아지랑이 따라
그리움도 피어 올리며 온 집안을 누비고

고향의 봄날은
아득한 그리움을 피어 올리며
스멀스멀 흐르고 있었다

일월산에서

어릴 땐 어디에나 있는
그저 그렇고 그런 산인 줄 알았다
나이 들어 다시 찾아 일월산*에 오르니
영양 고을을 가로질러 굽이쳐 흐르는
반변천이 상처투성이 역사 펼친다

검마산 수양산 흥림산 금장산 울련산 명동산 영등산……
높고 낮은 산들도
작약봉 주령 행곡령 덕산봉 부용봉……
크고 작은 봉우리들도
끝없는 설화의 집이 되어 다가선다
백암산도 언어의 집으로 우뚝 서 있고
선녀탕 수하계곡 동해도
머언 그리움으로 펼쳐진다

이 땅에 신화시대를 관통해온 일월산은
그 많은 산지며 하천들을 거느린 채
가장 높은 자리에 의연히 저립해 서 있다
누천년 영월의 빛과 그림자를 누비며

일월산 © 김선욱

영월 땅을 말없이 지켜오며

억겁의 세월을 뛰어넘어

이 시대 새로운 언어들을 태동시키니

시의 조지훈, 소설의 이문열

한국문학의 두 거성을 탄생시키며

문향의 전설시대를 열어오고 있는

일월산

이제야 사람들은 깨닫는다

이 땅의 산야와 하천이며

이 땅에 남아 이 땅을 지켜온 영양 사람들이

흘린 땀과 눈물과 피의 의미를
지금 찬란한 꿈을 일구고 있는
일월산의 그 웅지를

*경상북도 영양군 일월면, 경상북도 영양군 청기면에 걸쳐있는 높이 1,219m의 산. 산정에는 주봉인 일자봉日字
峰이, 서쪽 봉우리로는 월자봉月字峰(1,170m)이 있으며 남쪽 사면에는 낙동강 지류인 반변천半邊川이 발원하
고 있다.

문필봉 文筆峯

제3장

하늘높이 솟구친 일월산을 먼 산으로 두고

주실 마을을 에워싸며 문필봉 연적봉 노적봉이 솟았지만

그 중 문필봉*이 으뜸이라

가까이엔 반변천의 깊은 수맥이 온 땅을 적시고

울울창창한 수령 수백 년 느티나무 소나무들이 무럭무럭

주실 사람들 대를 이어 해마다 가꾸며 사랑하니

수구막이 숲이라, 시인의 숲이라 이름 하니라

오지의 오지 고을이었지만

실학이며 근대화를 가장 먼저 수용하고

교회당도 가장 일찍 들어서며

영남에서는 가장 급진적이었던

수많은 학자들을 무수히 배출하였던

주실 마을

일월의 정기

대대로 양양고을로 이어져

저 멀리 오일도에 이어

문필봉 ⓒ김선욱

오늘에는 이문열로 이어졌으나

문필봉 젖을 먹으며 문필봉 기운으로 주실에서 나고 자라

주실 마을을 문향으로 세상에 알린

조지훈이 과히 으뜸이라

아 인걸은 가고 없어도

문필봉 기운은 영원하리니

그 위혼도 주실에 넘실 넘실거리며 머물고

수많은 후인들이 그 이름 아래 위명을 떨치리니

주실의 이름이여

세세토록 영원하리라

*영양군 일월면에는 한양조씨漢陽趙氏 집성촌인 주실 마을이 있다. 이 마을에서만 박사 70여 명이 배출되었다. 청록파青鹿派 시인의 한 사람인 조지훈을 비롯하여 '한국문학통사'의 서울대 조동일 교수(평론가), 성균관대 부총장을 역임한 조동원 교수, 독립운동사 전공의 국민대 조동걸 교수도 이 마을 출신이다. 마을 전면에 '문필봉'이라는, 풍수학에서 붓의 모양을 닮았다는 봉우리가 있다.

영암군 봉감모전석탑@김선욱

불국토의 꿈

옛 이름이 고은古隱이라

육지 속의 섬으로 불리고

풍광이 수려하여 선비가 숨어살기 좋았던 곳

일찍이 불국토가 움텄던 땅

미륵정토 만드리라는 소명으로

일월산 자락에 뿌리박고

산자락 여기저기 불탑*을 세우고

온 누리 굽어보며

한 천년 세월쯤 정토구현 일구었던가

하지만 무거운 역사를 이기지 못하고

세월의 뒤안에서

폐허되고 흔적으로만 남았구나

일월산 자락 끝에

소나무 숲 만들고 바람 만들어

청량한 법음法音 전해주지만

사람들 그 소리 듣지 못하니

미륵불은 오늘도 이낀 낀 탑신에 기대어

사파에 현신하는

불국정토佛國淨土 꿈을 꾸는가

* 영양군에는 '국보는 국보로되 국보 대접 못 받는다'는 국보 봉감모전오층석탑(국보 제187호)을 비롯하여 보물인
  쌍둥이탑, 화천동삼층석탑(보물 609호), 현일동 삼층석탑(보물 610호), 도 유형문화재인 현이동 모전오층석탑,
  삼지동 삼층모전석탑 등 숱한 탑들과 탑의 그 흔적들이 남아 있어 옛 불국토를 꿈꾸었던 영양 땅의 영화를 고스
  란히 전해주고 있다.

고향의 들꽃 추억

어느 때부터 내가 유별나게 들꽃을 좋아했을까 구순을 몇 해 앞두고 치매에 걸려 무엇이든 망각하는 어무이 얼굴을 찬찬히 들여다보다가 지고 있는 허연 꽃, 죽음 꽃 한 송이를 본다

생각해 보니 옛집 마루 선반 위 사이다병에 꽂혀진 들꽃에 물을 주었던 때가 있었다

신새벽에 들일을 나가 깔따구에 물려 퉁퉁 부은 얼굴로 맥없이 들어온 그녀의 손아귀에는 어김없이 들꽃이 쥐어져 있곤 했다 새 들꽃은 늘 마루 선반 위에 시들어가는 들꽃을 밀어내고 꽂혀지고 2, 3일 후면 어김없이 나는 꽃병에 물을 주었다

집 싸리울 안팎으론 늘 들꽃이 피어났다 봄부터 가을까지 들꽃 향기가 내내 집 안을 진동했다 소나기가 퍼부어도 뒷짐 진 채 에헴 하며 느적느적거리며 소나기를 통째로 맞으셨던, 풀죽으로 끼니 때울 때도 잇속을 쑤시며 밖을 나서는, 곧지만 고지식하고 꼬장꼬장한, 어무이가 입버릇처럼 내뱉듯 앞뒤가 꽉 막히셨던, 쌀독에 쌀 한 톨 남아있지 않아도 나 몰라라 하셨던 아부지, 그 아부지 대신하여 이런저런 품앗이로 날품 팔아 혼자 가족의 생계를 꾸려가시었던 어무이, 등 돌아선 구시렁구시렁거리면서도 그 아부지를 하늘처럼 받들던 어무이…… 몇 해 전에도 버릇처럼 나는 한이 많아 일찍 죽지 못할 게다 하시며 깊이 내쉬던 어무이의 한숨 소리가 되살아난다

양반 허울을 벗지 못하신 아부지를 대신하여 한 집안을 등짐 지느라 잔등이 무

주실마을 조지훈 시비공원 ⓒ 김선욱

주실마을 조지훈 시비 길 ⓒ 김선욱

너지고 뼈골이 빠지셨던 어무이 가슴에 박은 못은 몇 개나 될까 들꽃 한 송이를 꺾으며 삭히셨을 말 보따리는 또 얼마였을까

나, 이제 산으로 들로 싸대며 카메라에 담는 한 송이 들꽃에서 어무이를 생각하노라면 가슴이 무너져 내린다

오라버니 생각

막내랑 함께 삼남매가

서울살이 하던 오라버니의 젊은 날

고향을 다녀올 때마다 오라버니는 청량리 광장에 널브러진 온갖 쓰레기를 그냥 지나치지 못했다

버린 사람이 있으면 줍는 사람도 있어야 하는 법이라며 혼자 쓰레기를 줍기 시작했고 쓰레기를 다 치워야 광장을 떠났던 오라버니 심중을 너무 잘 알기에 투덜대는 막내를 달래며 함께 그 하고 많은 쓰레기를 다 치우곤 했다

고향에선 딸 부잣집 귀하디 귀한 외동아들로 장래가 촉망받은 영재였던, 그러나 신학 공부를 채 마치지 못했을 때 광증이 나타나며 공부를 포기하고 말았던, 귀향 후 여태껏 육순이 다 되도록 세상을 기피한 채 책이 가득한 방구석 붙박이로 책과 신학과 사상과 작문作文과 씨름하고 있는 오라버니……

텅 빈 들판에 홀로 버겁게 서서 두 팔을 쫘악 벌린 채 세파를 홀로 막아서려는 허수아비의 마음은 아니었을까

신학을 공부하며 뇌리에 담아둔 생각이 제어를 못할 만큼 넘치고 넘쳤던 것은 아니었을까

한 치의 부정 비리도 도저히 용인하지 못하였던 외골수 성정이, 이제나저제나 오시려나 주님을 애타게 기다린 지극한 상사相思가 병으로 도진 것은 아니었을까

아 그 환하였을 젊은 날을 다시는 돌아오지 못할 저 먼 곳으로 날려 보낸 후 절대고독 속에 30년 세월을 보내느라 가슴 안에 흘리고 담아 둔 눈물은 또 얼마였을까

지금도 고향집 방구석에 틀어박힌 채 책만 읽고 글만 쓰는 오라버니를 생각할 때마다 가슴이 에인다

산에 오르며

— 일월산에서

오르다 갈림길이 나오면

이정표 따라 걸으면 되고

길이 없어 막히면

위쪽으로 오르면 된다

정상은 하나뿐이다

산이라고 길 없는 곳은 없다

길이 없으면 내가 길을 낼 수도 있다

더 수고스러울 수 있을 테지만

내가 걸어 올랐던 길도

먼저 오른 사람들이 길을 냈을 뿐

길은 내가 걷는 대로 생겨나기도 하리라

내가 오르는 길이 멀고 험해도

중단하지 않고 올라가야 한다

다른 길을 타 올랐어도

먼저 간 사람을 만날 수도 있다

다만 늦게 오르거나 빨리 오를 뿐

걷다가 산이 나오면 타 넘으며 되고

일월산 ⓒ 김선욱

강이 가로 막으면 건너면 된다
주저 앉거나 등 돌리지는 않아야 한다

간간히 하늘도 우러르고
잔솔 새로 비치는 햇살도 쐬이고
등성이 굽이굽이 흐르는 바람소리도 들으며
쉬엄쉬엄 오르더라도
이렇게 산을 오르는 길이
어디 오늘 하루뿐이랴
내일도 모레도
오르고 또 오르리

반변천에서

종일
들꽃을 찾아 헤매고
온다는 님은
감감 무소식이라
거울처럼 투명한
저 물 속 어딘가에
내 님이 있으려나

홀로
돌다리에 앉아
물끄러미 흐르는 물을 보노라니
내 삶도 흐르는구나

천만년을 말없이 흐르며
무장히 태동시켰을
네 그리움이
내 몸을 관통하며 흐르니
내 그리움도 네 가슴에 담아
흘러 보낸다

반변천 ⓒ 김선욱

내일도 내년에도 일백년 후에도

흐를 네 그리움처럼

내 그리움도

흐르길 소망하며

희망을 보다

— 땅끝 마을에서

대한반도의 바다가
서해 남해를 거치며
치달려와 만나는
해남 앞
땅끝 바다

백두대간을 따라 치달려온 기운도
땅끝에서 비로소 출발하니
땅끝 꼭짓점은
희망의 시작점이다

바다와 뭍의 기운이
여기 땅끝에서 뭉치며
뭍으로 기어오르려 하지만
칼바람이 거세게 틀어막고
거센 파도가 가로 막는다
그럼에도
땅끝은 끝이 아니고
새 시작을 꿈꾸는 땅
기어코 신선한 기가 뿜어지며

조류 따라 뭍으로 피어오르니

땅끝은

저마다 새 희망을 펼치는 땅이 된다

석모도 ⓒ 김선욱

석모도 갈매기

석모도가 좋아서

사는 것이 아니다

석모도와 외포리 오가는

여객선이 좋아서도 아니다

바다에 사는 새여서

석모도 바다에 사는 것은 당연하지만

그저 사람 냄새가 좋아

여객선을 뒤따르며 손에 잡힐 듯 근접하며

여객선을 맴도는 것이다

사람들이 새우깡으로 입맛을 버려놓아

고기 대신 달디 단 새우깡 얻어먹으려

그 스스로 바다였던 것은 과거일 뿐

바다 위에서의 자유마저 포기한 지 오래

창공으로 치솟기에 살찐 목덜미가 버거워

일렁거리는 수면 위를 간신히 유영할 뿐이다

한낱 새우깡이 목적이 되어 버린 채

새우깡의 노예가 되어버린 채

눈빛도 사람들의 탐욕의 눈빛을 닮아있는

이제는 잘 길들여진 바다의 새일 뿐이다

정남진 바다 ⓒ 마동욱

남해 일출

선 하나 가물거리니

저 멀리 수평선이 소란스럽다

붉은 기운이 하늘을 안고 누워있는 바다 위로

불덩이 하나 솟구친다

바다의 뜨거운 욕망이 끓어 넘쳐 너울을 일으키며

거친 숨 몰아쉬고 혼신을 다해 쏟아 붓는다

바닷물은 격정적인 몸짓으로

불덩이 하나를 받아내고

천지는 숨을 죽인다

하루도 거르지 않고 솟는 햇덩이를

넉넉함으로 받아들이는 남해 바다

변함없는 그 자리에 붉은 해가 솟는다

백록담을 오르면서

흰사슴 물먹는다는
백록담 오르는 길
들숨 날숨으로 생존 본능 처절하다

관음사 길섶에 조릿대 성성히
언 눈조차 녹여내며 터 잡고
깎아지른 능선 위에 뿌리 내린 주목나무 구상나무들
한라산 깊게 포옹하며 허리 두르고
금강송 언저리에 만개한 눈꽃 미소가
반겨 맞으며 지친 몸 어루만지는구나

썩어질 몸뚱이에 엉겨 붙은 더러운 것들
거친 숨결 따라 내뿜어져 나오니
땀과 눈물이 버무려져 가슴을 찢으며
골고다 언덕길 투영되어 시내산 700계단 앞에 스러지고
'눈에 보이는 것보다 보이지 않는 것이 더럽다'는 말씀이
날선 검 되어 푸욱 심장에 꽂히니
낭자한 선혈 위로 금빛 햇살 길게 드리워 핥아대는구나

깡그리 쏟아 내리라

모조리 토해 내리라

싸그리 벗어버리고 내려놓으리라

맑고 정갈한 심신으로

탐진강 ⓒ 마동욱

장흥댐 ⓒ 마동욱

탐진강 ⓒ 마동욱

님이 오시네

빗장이 열렸네

굳게 잠가 두었던

두어 번 강산 변할 세월

폐허 되고 잡초 우거져

헛헛한 속내 들키지 않으려

되레 굳게 닫았던 문

강둑이 터졌네

쏟아져 들어온 거센 물살 소용돌이치니

춘삼월이 가슴 열어 제쳐도

거친 비바람 몰아쳐도 끄떡없던 강둑이

스산한 갈바람 몰려와 아우성치니

속절없이 무너졌네

이제 부끄러움 없이 맞이하리

열두 대문 활짝 열고

오시는 님 반겨 안으리

겹겹이 엉킨 실타래 풀어

청실홍실 고이 베갯잇하여

깊은 밤 새우리

탐진강 ⓒ 마동욱

찾아온 사랑

당신 떠난 뒤

한 나절이 지나갔지만 여태 침대에 뒹굴고 있습니다

까닭 없이 맥이 풀려 꿈쩍도 않고

마냥 누워 있습니다

밖으로 나가도 어디 발 내디딜 땅도

어디 우러러 볼 하늘도 없습니다

밥맛도 씻은 듯 사라져버려

커피만 두어 잔 마셨을 뿐입니다

아 어찌합니까

정상이 아닙니다

며칠 후에 찾아오고 그때 만나면 되는 일인 데도

당신이 곁에 없다는 게

이처럼 외롭고 공허하게 만들다니요

정녕 제가 이상해져 버린 겁니까

이런 것도 사랑이어서인가요

아니면 내 사랑이 미친 사랑이어서인가요

내 이성과 논리가 무너져버린

그 무엇으로도 설명이 안 되는

사랑의 늪에 빠져들고 있습니다

나는….

눈물강이 되리

짙은 안개 스멀스멀 다가와
우리 눈이 멀어지거든
내 혀로 당신 몸을 핥아대며 더듬고
한파를 헤쳐 오느라 당신 몸이 얼거든
내 뜨거운 몸으로
당신의 언 몸 풀어주고

늘 설렘으로
늘 부끄러움으로
멈추지 않는 열병의 그리움으로
그러나 때로
분출하는 용암처럼 뜨겁게
당신의 눈물 닦아주는
쉬임없이 흐르는 눈물의 강이 되리

탐진강 ⓒ 마동욱

사랑은 삶을 견디게 한다

길을 걷는다 그가 그리운 시간이면

이름 모를 많은 사람들이 내 곁을 스치고

이름을 알 수 없는 들꽃이며 잡풀이며 나무들이 내 곁을 스쳐도

정체를 드러내지 않는 그놈이 숨어 있다

볼을 스치는 바람결 뒤에도

이제는 마네킹처럼 외롭게 서 있는 우체통에도

진한 아메리카 커피향이 코끝을 찌르는 커피숍 밖에도

그리움, 그놈은 난데없이 나타나 가슴 속으로 파고 든다

이런 날이면 늘 지나치던 온갖 모습들마저 낯설다

그것들의 속 깊이에 침잠되었던 기억들마저

지나온 길은 이미 과거이다

새로운 길도 지나치면 과거일 것이다

어제로부터 오늘에 이르도록

나를 지배하는 것이 무엇인가

늘 가슴은 서늘한 바람을 일으키지만

그것이 내 곤고한 삶을 견디게 하는 것은

늘 일상처럼 나를 옭아매며

주실마을 조지훈 시비공원 © 김선욱

나를 키우는 것은 사랑이다

오늘도 길을 나선다

이제 그리움을 재우고

바람도, 이름 모를 잡초도

하늘에 떠 있다 금세 사라지는 한 떨기 구름도

사랑 안으로 가둔다

당신은 누구신가요

당신 생각으로

불현듯 잠에서 깨어났지만

다시는 나를 재워주지 않습니다

늘 목소리 듣고 싶고

손 잡아보고 싶습니다

당신에게 가는 마음이 무엇이건대

도무지 막아낼 수가 없습니다

당신에게 향하는 문이

무엇으로 만들어진 것인데

마음의 문을 죄다 꼭꼭 여며 닫아도

당신에게 향하는 문은

어느 샌가 활짝 열리고 맙니다

아 이 순간에도

가슴이 콱 막힙니다

아무런 대책이 없습니다

내 인생의 여정에

기적처럼 뛰어든 당신

나를 미친년으로 만들고 있습니다

아 당신은 도대체 누구신가요

탐진강 ⓒ 마동욱

당신의 의미

당신은 누구신가요

내 반생을 무위로 돌려놓으시고

하늘이 땅으로 내려앉은 듯 기적의 나날을

선물해 주신 당신은 누구신가요

당신 앞에 서면 바보가 됩니다

눈물이 가슴에서 샘이 솟습니다

당신 앞에서는

어둠도 더 찬란한 빛이 되어버립니다

세상은 전혀 다른 세상이 되어버립니다

당신 앞에서 나는

예전의 나와 전혀 다른 내가 되어버립니다

말 한 마디에 눈물이 솟고

농 한 마디에 가슴이 무너집니다

엷은 미소 한 자락에 가슴이 터질 듯 부풀어 오릅니다

당신의 의미는

이승에서는 내가 도무지 답을 찾을 수 없는

불가해한 존재입니다

사랑을 위하여

나는 후줄근한 장마 비
갈급한 님의 영혼을 흠뻑 적시리

나는 한 마리 작은 파랑새
꿈 잃은 님의 침상에 머물러 꿈을 가꾸리

나는 작은 한 마리 작은 벌레
님의 가슴 깊이 파고들어 함께 숨을 쉬리

우리 두 마리의 작은 사슴 되어
아무도 돌보지 않아도
누구로부터 버려져도
두 몸뚱이 의지할 거처만 있다면
족하고 넘쳐나는 평화 만드리
그리고 힘이 더 남아 있으면
우리 바깥의 평화도 돌보리

정남진 바다 ⓒ 마동욱

사랑을 위하여2

정남진 바다 ⓒ 마동욱

님은 한 줄기 해맑은 햇살

풍진 세월에서 끄덕 않는 기둥이 되리

내 삶의 방패 되고 푯대가 되리

님은 투명한 한 줄기 눈물

때로 한 잔의 감로주甘露酒 되고

때로 지친 육신 쉬게 하며

갈증 난 내 영혼 포근히 감싸 주리

낯선 다른 음역音域에서

다른 얼굴로 홀로 반생을 살아오다

이제 사랑의 인연으로 발가숭이의 나머지 반생을

둘도 아니고 하나도 아닌
새로운 숫자 하나 만들어 갈
우리만의 힘찬 시작일지니

눈짓으로도 부신 삶이 되고
가슴만으로도 눈시울 뜨거운 역사가 되리
낯익고 편안해서 아픔도 기쁨 되고
신뢰하고 이해가 넘쳐 다툼도 평화 되리
심정心情이 하나 되어 사정情이 관통되고
위하고 또 위해서 늘 넘치는 삶이 되리
퍼 내도 퍼 내도 늘 갈급한 사랑이 되리
이생 아닌 다른 생의 삶까지라도
명징한 눈물 하나 간직하고
가슴의 거풀 하나씩 벗겨 가며
님의 땀방울은 내 피돌기
님의 눈물도 내 피돌기 되어 흐르게 하리
사랑 하나만을 파먹고 파먹어도
배부른 바보가 되리

님은 내 삶의 꿈
님은 내 삶의 의미
무지갯빛 이상理想으로 꿈을 키우고
애증도 시간도 가두는 평화로
어기찬 동반의 삶을 창조해 가리

사랑을 위하여 3

때로 가깝고 때로 멀어지지만

다시 가까워지며 늘 어긋나지 않는 길

여름이 가슴을 멀리하고 살아야 한다면

겨울은 가슴을 맞대고 살아야 한다

여름은 가슴을 멀리하며 열정을 식혀야 하지만

겨울은 더 가까이서 온기를 나누어야 하기 때문이다

여름이 더운 것은 때로 손도 놓고 멀어지라는

겨울이 추운 것은 때로 손을 잡고 가까워지라는

둘이 가는 참사랑의 길

아 사랑은 때로 여름날처럼

지나친 열정은 식히며 가야 하리

때로 겨울날처럼

한 몸 한 마음이 되도록

가까워지며 가야 하리

탐진강 ⓒ 마동욱

작은 사랑

사랑은
굳이 말이 필요 없다
빙긋 미소 하나만으로 족하다

사랑은
내가 배고플 때
웃으며 빵 한 조각 건네듯
외로운 너에게
말없이 손 내밀어
네 눈물의 의미를 읽으며
내 뜨거운 피로
네 차가운 피를 덥혀주는 것

작은 사랑은
말없이 손 내밀어주는
아주 작은 일에서부터
피어난다

참 존귀한 사랑

가을 어느 날
한 떨기 들꽃으로 다가 온 당신
수줍어했지만
쪽빛 하늘처럼 밝고 투명한 웃음에서
십 수 년 동안 꼬옥 여며온 내 가슴이
쿵덕거리며 뛰었습니다

어제도 즈믄밤
환한 웃음으로 찾아 온 당신
내 옷고름 풀며 눈물 떨구고 가
나는 여태 그 눈물 강에서 허우적거립니다

이제 당신이 만들어 내는
눈물을 이해합니다

아,
세월이 어느 한 귀에 만들어 놓은
눈물의 강을 건너 내게로 온 당신은
참 존귀한 사랑

내가 걸어가는 길

얼추 다 걸어온 듯싶었다

눈을 드니 까마득하다

걷고 또 걸어야 할 길이 신발 끈을 곧추 매고

마침내는 이르게 될 내 길을 다시 걷는다

신발이 해지면 깁고 또 기우리

두 무릎에 맥이 풀려 꼬꾸라지면 기어서라도 가리

언제인가는 필연코 그곳에 이르러야 하리니

소녀 때는 늘 푸른 바다 건너의 어느 땅 끝을

겹겹 산 너머로 아스라이 피어오르는

막막한 그리움을 동경했다

처녀 때는 이룰 수 없는 헛꿈에 매달리고

이룰 수 없는 사랑에 목매달기도 했다

가정을 이룬 후론 끌어내릴 수 없는 하늘을

땅으로 붙들어 내리려 젊음을 허비했다

남편 사별 후론 빈 몸으로 어린 두 애를 데리고

교회 사택에서 주님 품으로 안겼을 땐

눈물로, 두 무릎으로 영성을 얻으며 이제 반생에 이르렀으니

아 너무 오래 햇빛 안에서 달빛도 별빛도 외면했구나

세상일에 눈 돌리며 걸어 왔구나

이제 주님 안에서 사랑을 얻고 참사랑을 배운다

이름 없는 들꽃의 미학도 배운다

이제 교회당 너머 어둠의 거리를 밝히는 달빛도 별빛도 감싸 안으리

내 집 밖 거리 눈물의 의미도 가슴에 담으리

내가 마지막에 이르러야 할

천국은 진실로 그곳에 임재하리니

내 사랑은

지천명의 세월

베푸는 사랑만 배웠습니다

한없이 그저 주는 데만 익숙했습니다

님이 뭐라시든 그저 순응만 했습니다

때로 생채기 나는 아픔이어도

먼저 배려하는 마음이 앞섰습니다

겹겹 설움이 쓰나미처럼 몰려와도

당신 아파하면 나도 아파

꿀걱, 삭였습니다

미처 헤아리지 못한 우둔함으로

늘 가슴앓이만 했던 나는

긴긴 세월 버림받은 담벼락에

쪼그리고 앉아 햇볕을 쬐며

거센 비바람에 꽃잎이라도 떨어질까

안절부절하였고

내 가슴 속은 옷깃을 파고드는 냉기로

허허롭게 비어 있는 산야였습니다

나는 전심으로 사랑을 고백했습니다

나의 존재 이유는

내 가슴을 차고 넘치는 당신의 사랑 때문입니다

늘 당신의 사랑이 머리털 끝까지 가득 차있기 때문입니다

내일도 당신의 사랑은 내 삶의 전부

나 내 삶의 마지막까지

그 사랑 안에 거주할 것입니다

나, 기도합니다

하늘을 우러릅니다

하늘의 외로움을 두 눈에 담기 위해서입니다

때때로 땅을 굽어봅니다

땅의 아픔을 두 발로 느끼기 위해섭니다

시때 없이 나를 스쳐가는 사람의 눈을 봅니다

그들의 눈물을 가슴에 담기 위해서입니다

나, 기도합니다

내가 살아있는 동안

오늘의 나를 존재하게 한

하늘을 위해, 땅을 위해, 이웃을 위해

함께 외로워하고

함께 아파하고

함께 눈물 흘리기를

한없이 크고 깊고 넓다 못해

무한한 사랑이 내 몸 맘을

온통 뒤덮고 있기 때문입니다

지나가는 수줍은 바람에도 감사하며

노래할 수 있는 것은

내 안에 그 사랑이 가득하기 때문입니다

내게는 유일무이한 존재이기에

오늘도 그 사랑 앞에

나, 기도합니다

당신은 영원한 사랑

탐진강 © 마동욱

어느 날 불현 듯
내게로 다가 온 당신은
내 제2의 삶을 여는 새 문이었습니다

차가운 땅 바닥에 몸을 누인 채
간신이 하늘만 우러르며
내 삶의 마감을 생각하고 있을 때
내게로 오라, 하시며
따뜻한 훈풍으로 다가와
내 허리를 일으켜 세우신 당신

당신은 당신의 눈높이에서
세상을 새롭게 바라볼 수 있게 해 주고
환희의 눈물로 세상을 바라보게 해 주며
전혀 경험하지 못했던 삶의 충만한 기쁨도 선물하고
나만의 제2의 삶을 시작하는 힘이 되어 주었습니다

어제도 그랬지만
오늘도 내일도 당신 없는 내 삶은 없습니다
당신은 내 삶의 시작이고 끝이기 때문입니다
당신은 내 삶의 원동력이기 때문입니다
당신은 내 삶의 의지이며 목적이기 때문입니다
당신으로 늘 새로운 기쁨으로 살아가는 나는

오늘도 당신을 위해
당신이 원하는 세상을 위해
당신이 원하는 내 삶을 위해
눈물을 뿌립니다

아 당신은
나의 삶이시며 영원한 사랑이십니다
당신은 내 삶의 알파요 오메가이십니다

반변천 ⓒ 김선욱

사별을 채비하시는 님에게

새해 벽두에 병이 깊어 하얀 눈꽃 즈려밟으며 이승을 떠나려 채비하시는가요

구순 나이에도 애들 낯빛처럼 선하고 맑게 다듬어진 용안이 더 섧고 가슴을 후벼 팠습니다

병원에서 당신을 뵈면서 두어 시간 울었지만 그 이후로 종일 서러움이 목젖을 타 올랐습니다

친정 아부지가 이보다 더한 눈물샘을 파리오

몇날 며칠 허기진 배로 길거리 헤매던 애들과 저를 교회 사택으로 데려와 허연 쌀 밥 위에 빠알간 김치 한 쪽 얹어주시던 그 따뜻한 밥상 아직 본 적이 없지요

이제 가슴 속 깊이 그 맑고 선한 용안을 담습니다

이제 당신의 따뜻한 혜안도 머릿속에 선연히 새깁니다

골고다 언덕 넘어가시는 그 길도 뒤따라 걸으렵니다

남기신 말씀 두고두고 여생의 푯대로 꽂으렵니다

아, 제 삶의 유일한 반려이셨던

제 영혼의 아버지셨던 당신

여한 없이 주님의 길

하늘의 길을 축복으로 오르시길 기도합니다.

새로 시작하리라

정남진 바다 ⓒ 마동욱

마흔에 이르러 미혹되지 않고

오십에 이르러 천명을 알게 된다 하였지만

오십 중반에 이르러 다른 내 길이 열리는구나

세상의 미혹에 갇혀 들어간 일은 없었지만

가슴 한 쪽은 늘 허전했다

내일을 꿈꾸던 소녀시절은 순수했다

한 떨기 구름 한 점에 꿈을 꾸었고

한 떨기 들꽃에도 뜨거운 눈물이 솟구쳤다

아득한 꿈을 활짝 펼치고 싶던

낭만의 처녀시절도 있었다

어느 때부턴가 그 맑은 꿈과 푸른 이상들은

저 멀리 도망가 버렸다

세상을 외면하고 오로지 하나님 앞에서

무릎으로 영성을 얻는 것이

내 삶을 버티게 해 준 유일한 힘이었다

이제 시인의 새 길이 열리면서

외면했던 세상도 눈에 밟힌다

남은 인생 내가 해야 할 일도 보인다

내가 찾아야 할 사랑도 보인다

이제 남은 생은 주님의 부름 아래

시인의 의지로 열리는 새 길을 당당히 걸어가리니

그 길이 더 험란하더라도

그 길 끝에 기다리는 기쁨은 더 크리니

하나님의 사랑과 정결한 시인의 마음으로

무장하고 또 무장하고 가리니

다시는 무너지며, 꼬꾸라지고, 밤새워 외로워하는 일은 없으리라

내가 여태 살아있음에 감사하고

다시 시작되는 새로운 삶에 감사하리다

나의 영원한 사랑의 실현을 위하여

정남진 바다 © 김선욱

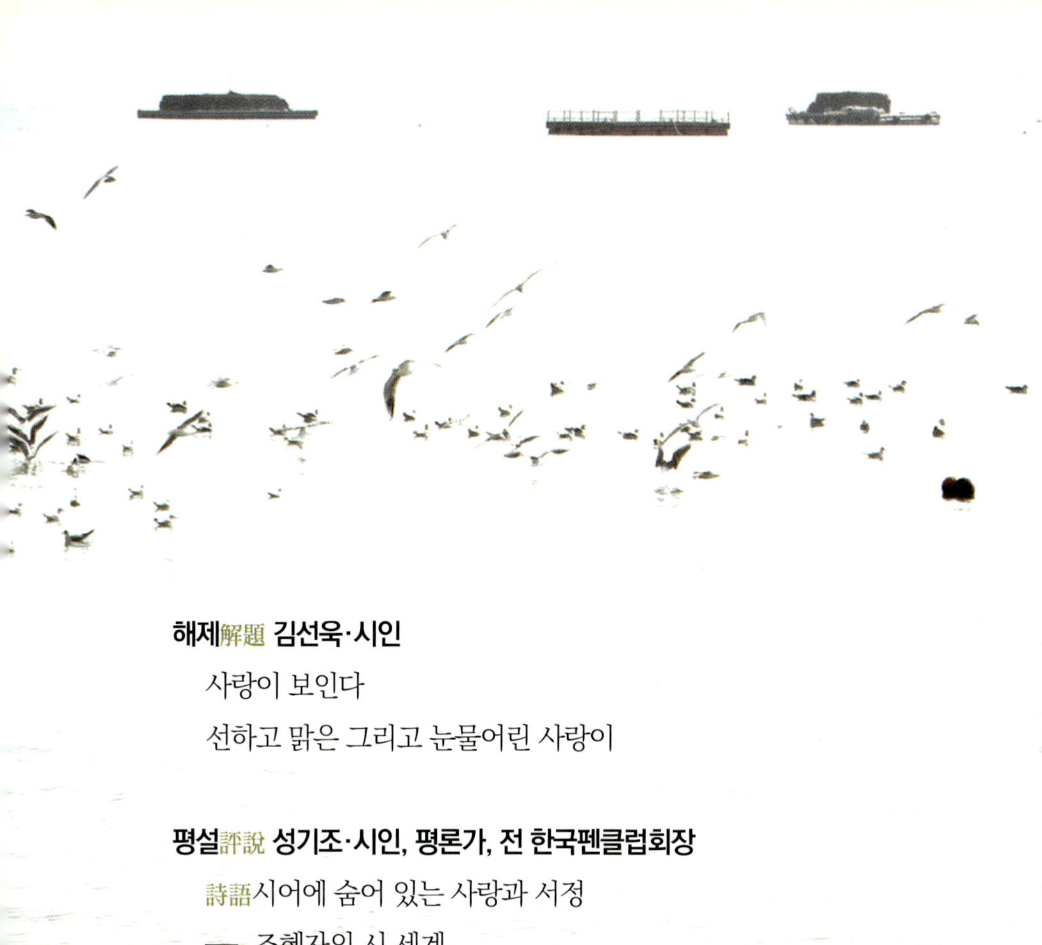

해제解題 **김선욱·시인**

사랑이 보인다

선하고 맑은 그리고 눈물어린 사랑이

평설評說 **성기조·시인, 평론가, 전 한국펜클럽회장**

詩語시어에 숨어 있는 사랑과 서정

— 조혜자의 시 세계

사랑이 보인다
선하고 맑은 그리고 눈물어린 사랑이

김선욱·시인

1.

지난 2011년 말엽, 오프라인에서 시를 배우고 싶은 분들을 상대로 시 강좌를 열고, 습작 시에 대해 강평도 하는 '시인세상'을 개설했을 때 우연히 조혜자 씨가 입회했다.

조혜자 시인과의 첫 만남에서 필자는 그에게 맑은 영혼, 애잔한 듯하면서 투명하리만큼 맑고 순수한 영혼을 느꼈다. 조금 지켜보니, 그는 여리고 맑은 감성이 풍부했으며 무엇보다 선善한 심성이 도드라져 보였다. 게다가 확고한 자기주관과 외골수적인 열정도 있었다. 오랫동안 곤고하고 핍진한 삶의 여정을 거쳐 왔으며 크리스천으로서 돈독한 기독신앙 위에 신학을 수학하여서인지 확고한 신본주의적神本主義的 가치관도 가지고 있었다.

당초 그는 '늦깎이 시인'이 되기에 충분한 가능성과 잠재적인 자질을 가지고 있었던 것이다.

서구의 상징주의와 주지주의, 모더니즘과 포스트모더니즘의 세례를 받은 이후 우리의 현대시는 '정신의 시'보다 '기교의 시'에 방점을 두어 왔다고 할 수 있다.

시인에게 있어 시어를 조탁하고 시구를 연마하며 사물과 정서를 잘 묘사하는 일, 이를 테면 비유의 참신함이나 시적 형상화의 진경 그리고 참신한 이미지의 조합은 필수적이라 할 수 있다. 그런데 이처럼 시적 기교, 지나친 꾸밈새에 치중하다 보면 '정신의 시'에서 멀어질 뿐더러 자연스러움에서 벗어나기 쉽고 깨끗한 여운을 남기기가 결코 쉽지 않을 수 있다.

조선조 초기 문인이었던 서거정은 『동인시화』에서 "시는 마땅히 기절氣節을 앞세우고 문조文藻는 뒤로 해야 한다."고 했다. 즉 서거정은 시인의 기개와 절조, 다시 말해 '시 정신'이 언어의 조형력, 그러니까 시적 기교보다 앞선다고 주장한 것인데, 이것이 동양에서의 시학의 근본이었던 것이다.

필자가 '시인세상'에서 첫 번째로 강조한 것이 늦깎이 시인으로서 필히 갖추어야 할 덕목으로서의 '시 정신'이었다. 늦깎이 시인으로서는 '눈부신 감각'이나 '가슴을 떨리게 하는 참신한 이미지'를 연마하기란 결코 쉽지 않은 일이기 때문이다. 또 '시는 언어로 조형되는 예술'이고 시인은 제2의 창조주나 다름없다고 할 수 있으므로 "작시作詩하면서 기본적으로 창조주의 사정과 심정을 닮아야 한다."고 주문한 것이다.

창조주는 피조만물을 창조하면서 사랑의 마음과 선한 마음으로 창조를 한다. 창조주는 또 창조 과정에서 모든 피조물, 즉 모든 무생물에서부터 생명을 가진 존재에 이르기까지 각각 고유의 개성(의미)을 부여한다.

시인도 작시하면서 사물(대상체)을 깊이 보고 나름대로 해석하지만 단순한 지식이나 관찰이 아닌 지혜로 통찰하는 직관력이 필요하다. 이어 새로운 의미를 발견하고 그 대상체에 대한 '의미부여'를 할 수 있어야 한다. 이를테면, 시 창작에서 나름의 의미를 부여해야 한다는 것이다. 시인의 이 의미부여는 시인의 체험과 정서, 지혜의 통찰력, 직관력에서 배태되고 여기에 무한한 상상력이 더해지면서 고유한 의미가 만들어지는 것이다.

필자는 이러한 시인으로서의 기본적인 덕목을 초보 시인들에게 주문한 것이다. 조혜자 씨는 입회한 지 1개월쯤 되었을 때부터 단연 두각을 드러내며 남다른 작시 능력을 보여주었다.

크리스천이었던 그는 시를 배우기 이전부터 '창조주의 사랑의 마음, 선한 마음' 을 이해하고 체득하고 체휼하였을 것으로 이해되었다. 그러한 기본적인 시인의 마음과 열정이 그를 늦깎이 시인으로 등단케 했으며, 등단 전후로 줄기차게 수많 은 시를 써내며 등단하고 나서 수개월 만에 첫 시집 『사랑을 위하여』를 펴내게 되 었으리라.

2.

제암산 철쭉 ⓒ 김선욱

조혜자 시인의 거의 모든 시에는 사랑이 보인다.

다양한 형태의 사랑이다. 가족들에 대한 사랑에서부터 하찮은 들꽃의 사랑, 이웃에 대한 사랑, 이성에 대한 사랑, 신(하나님)에 대한 사랑 등 모든 사랑이 여러 형태를 띠며 나타난다. 물론 그 사랑은 체험과 깊은 사유를 통해 체득된 사랑이다.

창조주는 모든 피조물에 자기를 투영시켰다. 우리가 창조주의 피조물을 통해서 창조주의 사정이며 심정이며 그 '마음'의 메시지를 읽을 수 있는 것은 이 때문이다. 시인도 시를 통해 자신을 드러낸다. 시에서 읽히는 메시지는 곧 시인의 마음이다. 하여 시인의 창조 행위도 이와 다를 것이 없다. 즉 시인도 창작 행위에서 가식이나 위작이 아닌, 솔직한 자기 모습을 드러내야 한다.

순수한 신앙이 자기고백에서 비롯되듯, 시인도 자기고백 위에서 진정한 시의 창작이 이루어진다고 할 수 있다.

조 시인은 시에서 지난한 세월을 거쳐 고단했던 자기 삶을 솔직하게 고백하고 있다.

"몇날 며칠 허기진 배로 길거리 헤매던 애들과 저를 교회 사택으로 데려와"(〈사별을 채비하는 님에게〉 중에서), "남편 사별 후론 빈 몸으로 어린 두 애를 데리고/ 교회 사택에서 주님 품으로 안겼을 땐/ 눈물로, 두 무릎으로 영성을 얻으며 이제 반생에 이르렀으니/ 아 너무 오래 햇빛 안에서 달빛도 별빛도 외면했구나/ 세상일에 눈 돌리며 걸어 왔구나"(〈내가 걸어가는 길〉 중에서), "차가운 땅 바닥에 몸을 누인 채/ 간신이 하늘만 우러르며/ 내 삶의 마감을 생각하고 있을 때"(〈당신은 영원한 사랑〉 중에서), "어느 때부턴가 그 맑은 꿈과 푸른 이상들은/ 저 멀리 도망가 버렸다/세상을 외면하고 오로지 하나님 앞에서/ 무릎으로 영성을 얻는 것이/ 내 삶을 버티게 해 준 유일한 힘이었다"(〈새로 시작하리라〉 중에서) 등의 시는 바로 시인이 걸어온 삶의 궤적을 여실히 보여주고 있다.

남편과 사별한 후 어린 남매와 함께 길거리에 나앉으며 죽음까지도 생각했을 만큼 참담했던 생활이 있었고 교회 사택에 살며 비로소 독실한 신앙 속에서 기도로 영성을 얻으며 험난한 삶을 영위할 수 있었던, 그의 치열하기조차 했을 과거가 환하게 보인다.

이러한 진솔한 자기 삶의 고백에서 조 시인의 시는 시작되고 있다.

진실한 자기고백은 동류의식이 기본이 된다. 또 참회와 감사의 의미를 내포한다. 기독교의 '이웃사랑', 불교의 동체대비同體大悲의 의미도 함유한다. 따라서 이러한 자기고백의 시는 호소력과 감동을 주게 마련이다.

3.

사랑의 시를 쓰는 조 시인의 사랑은 기실 하나님으로부터 비롯된 것이었다.

어느 날 불현 듯
내게로 다가 온 당신은
내 제2의 삶을 여는 새 문이었습니다

차가운 땅 바닥에 몸을 누인 채
간신이 하늘만 우러르며
내 삶의 마감을 생각하고 있을 때
내게로 오라, 하시며
따뜻한 훈풍으로 다가와
내 허리를 일으켜 세우신 당신

당신은 당신의 눈높이에서
세상을 새롭게 바라볼 수 있게 해 주고
환희의 눈물로 세상을 바라보게 해 주며

전혀 경험하지 못했던 삶의 충만한 기쁨도 선물하고
나만의 제2의 삶을 시작하는 힘이 되어주었습니다

어제도 그랬지만
오늘도 내일도 당신 없는 내 삶은 없습니다
당신은 내 삶의 시작이고 끝이기 때문입니다
당신은 내 삶의 원동력이기 때문입니다
당신은 내 삶의 의지이며 목적이기 때문입니다
당신으로 늘 새로운 기쁨으로 살아가는 나는

오늘도 당신을 위해
당신이 원하는 세상을 위해
당신이 원하는 내 삶을 위해
눈물을 뿌립니다

아 당신은
나의 삶이시며 영원한 사랑이십니다
당신은 내 삶의 알파요 오메가이십니다

— 시〈당신은 영원한 사랑〉 전문

시인이 자기 삶에 결정적으로 영향은 끼친 이가 바로 하나님이었음을 고백하는 시다.

어려움에 부딪쳐 삶의 마감을 생각했을 때 "내게로 오라" 하며 자신을 부르셨

고 또 "~세상을 새롭게 바라볼 수 있게 해 주고/ 환희의 눈물로 세상을 바라보게
해 주며/ 전혀 경험하지 못했던 삶의 충만한 기쁨도 선물"했다며, 하나님이 자신
의 제2의 삶을 시작하는 힘이 되어주었음을 시인은 고백하고 있다.

하늘을 우러릅니다
하늘의 외로움을 두 눈에 담기 위해서입니다
때때로 땅을 굽어봅니다
땅의 아픔을 두 발로 느끼기 위해섭니다
시때 없이 나를 스쳐가는 사람의 눈을 봅니다
그들의 눈물을 가슴에 담기 위해서입니다

나, 기도합니다
내가 살아있는 동안
오늘의 나를 존재하게 한 하늘을 위해
그리고 땅을 위해, 이웃을 위해
함께 외로워하고
함께 아파하고
함께 눈물 흘리기를
…(하략)

— 시〈나, 기도합니다〉 일부

　이 시에서처럼 하나님에 대한 사랑은 시인으로 하여금 "하늘을 위해, 땅을 위
해, 이웃을 위해/ 함께 외로워하고/ 함께 아파하고/ 함께 눈물 흘리기를" 원하면

서 그러한 삶을 영위토록 해주었으며 "지나가는 수줍은 바람에도 감사하며/ 노래할 수" 있도록 해주었다고 시인은 진솔하게 고백하고 있다.

이런 이유로 시인은 자기존재의 당위성을 하나님이라고 토로한다.

즉 시인은 자기존재 이유를 "내 가슴을 차고 넘치는 당신의 사랑 때문"(〈내 사랑은〉 중에서)이라고 말하면서 "나 내 삶의 마지막까지/ 그 사랑 안에 거주할 것"(〈내 사랑은〉 중에서) 이라고 밝히고 있다.

우리는 여기서 '하나님의 사랑'이, 뒤에서 언급하겠지만, 조 시인의 가족에 대한, 이웃에 대한, 자연 만물에 대한 아름다운 사랑으로 확산되었음을 알게 된다.

그리고 "그들의 눈물을 가슴에 담기 위해서", "함께 외로워하고/ 함께 아파하고/ 함께 눈물 흘리기를"이라는 대목에서 조 시인의 '눈물의 사랑' 역시 바로 하나님으로부터 배태되었음을 이해하게 된다.

4.

남녘 보리밭 ⓒ 김선욱

조 시인이 그리는 사랑의 시에서 두드러지게 나타나는 특질은 그 사랑의 밑바닥이 '눈물'이라는 사실이다.

조 시인의 과거도 눈물이다. 본래 감수성이 짙어 눈물이 많을 수 있었을 터이지만, 그가 살아온 삶 자체가 그의 자기고백에서 읽을 수 있듯, 눈물이었다. 그는 눈물로 참담한 세월을 이겨내 왔다.

조 시인은 이처럼 자기고백 위에서 눈물로 세상을 읽는다. 이 눈물은 그의 가족에 대한 생각에서부터 이웃을 보는 데서도 묻어난다. 그의 사랑의 시에서도 눈물이 기저가 되고 있음은 물론이다.

어찌 하였든, 조 시인은 자의적이었든 우연적이었거나 자연스러운 것이었든, 사랑의 시에서 가장 순수하고도 원초적인 사유의 산물이라고 할 눈물을 끌어들여 이른바 '눈물의 사랑'으로 승화시킴으로써 새로운 감동과 영감을 불러일으키고 있다.

아리스토텔레스가 『시학詩學』에서 비극이 연민과 공포를 통하여 정서의 체증을 깨끗하게 소화시켜 주는 이른바 감정의 정화catharsis의 효과가 있다고 정의한 바 있다. 시에서의 눈물 역시 고통 받는 인간에 대한 연민의 표현이며 비극의 한 수단으로서 가장 고귀하고 원초적인 아름다움의 미학에 근원한다. 이것은 또 시 창작이 지닌 카타르시스의 본질인 것이다.

그의 사랑의 시들이 아름다운 것은, 가슴을 울리며 감동을 주는 것은, 이 때문이다.

막 버스가 올 무렵이면

어무이는 서녘 하늘을 오래 바라보았다

그림자보다 길게 드러누운 아픔을 가슴으로 끌어안고

몇 해째 집 찾지 않는 딸을 생각하느라

행여 오늘은 오리라

무망한 꿈 한 짐

어루고 다독이다

산 넘어 산을 넘어 달려가고

기어코 속으로 감추느라 붉어진 눈물이

서산 하늘을 가득 물들인다

— 시 〈노을〉 전문

〈노을〉 시를 읽고 가슴이 먹먹해졌다.

'몇 해째 집 찾지 않는 딸'이 그리워 막 버스가 올 무렵에 마을 앞에서 딸을 기다리는 어머니의 애절한 모습이 선연하다. 그 딸이 끝내 모습을 드러내지 않아 어머니는 어땠을까. 눈물을 흘렸을까. 어머니의 딸 그리는 마음이 "산 넘어 산을 넘어 달려"간다. 그리고 "기어코 속으로 감추느라 붉어진 눈물이/ 서산 하늘을 가득 물들인다". 목 메이게 하는 대목이다. 하여 어머니의 "속으로 감추느라 붉어진 눈물"은 서산 하늘을 가득 붉게 물들인다. 그 눈물은 바로 '피눈물'이다. 피눈물이 아니고선 서산 하늘을 붉게 물들일 수 없기 때문이다. 감동적인 시가 아닐 수 없다.

어머니에 대해 이처럼 눈물로 보는 시인의 사랑은 여러 시편에서도 나타난다.

"(상략)…/양반 허울을 벗지 못하신 아부지를 대신하여 한 집안을 등짐 지느라 잔등이 무너지고 뼈골이 빠지셨던 어무이 가슴에 박은 못은 몇 개나 될까 들꽃 한 송이를 꺾으며 삭히셨을 말 보따리는 또 얼마였을까// 나, 이제 산으로 들로 싸대며 카메라에 담는 한 송이 들꽃에서 어무이를 생각하노라면 가슴이 무너져 내린다"(〈고향 들꽃의 추억〉 중에서).

"(상략)…귀향 후 여태껏 육순이 다 되도록 세상을 기피한 채 책이 가득한 방구석 붙박이로 책과 신학과 사상과 작문作文과 씨름하고 있는 오라버니…// 텅 빈 들판에 홀로 버겁게 서서 두 팔을 쫘악 벌린 채 세파를 홀로 막아서려는 허수아비의 마음은 아니었을까/…(중략)…아 그 환하였을 젊은 날을 다시는 돌아오지 못할 저 먼 곳으로 날려 보낸 후 절대고독 속에 30년 세월을 보내느라 가슴 안에 흘리고 담아 둔 눈물은 또 얼마였을까// 지금도 고향집 방구석에 틀어박힌 채 책만 읽고 글만 쓰는 오라버니를 생각할 때마다 가슴이 먹먹해진다"(《오라버니에 대한 생각》 중에서).

아버지를 대신하여 온갖 고생을 다하며 생계를 꾸려갔던 어머니, 그리고 젊은 날에 현실적인 삶의 적응에 실패하여 고향에 은둔하며 고독한 삶을 영위하고 있는 오라버니에 대한 생각에서 시인은 "가슴이 무너져 내린다", "가슴이 먹먹해진다"고 표현하고 있다.

뜨거운 가족 사랑에 대한, 그리고 절절한 가족 사랑의 메시지가 담긴 시들이 아닐 수 없다. 이러한 가족 사랑의 기저 역시 눈물이었음은 물론이다.

5.

조 시인의 가족사랑은 이웃사랑으로 확산되고 있다.

영하의 밤이 두려운 사람들
밤이면 유치찬란한 꿈을 꾸지만
하늘을 나는 영혼은
만인보다 자유롭다

하늘 보기 부끄러워
땅 속으로 파고들며
납작 엎디며 숨을 고르다

숨이 막혀 숨을 놓고 마는

신도 외면한

어느 노숙인

빈 거죽만 남은

그의 메마른 볼 위에

맺힌 눈물 한 방울

종일 내 가슴 속을

후빈다

그도 사람이었다

— 시 〈눈물 한 방울〉 전문

어느 노숙인의 죽음에서도 시인은 마음이 아주 쓰리고 아프다. 하여 그 노숙인의 죽음은 시인에게 마음의 깊은 상처를 남긴다("빈 거죽만 남은/ 그의 메마른 볼 위에/ 맺힌 눈물 한 방울/ 종일 내 가슴 속을/ 후빈다"). 마지막 결구인 "그도 사람이었다"는 바로 시인의 동류의식, 동체의식을 단적으로 드러내며 생명 존중의 가치관도 드러내 준다.

여기서 조 시인의 인간에 대한, 동체의식에서 비롯된 지극한 연민과 생명존중의 사랑을 확인하게 된다.

이처럼 노숙인에 대한 시인의 관심이 우리의 가슴을 울리는 것은 그 관심이 눈물로 지켜보는 관심이어서이다. 사랑은 관심으로부터 비롯된다. 관심은 사랑의 시작이고 사랑을 더욱 성숙시킨다. 그 사랑이 눈물의 사랑인 바에야……

조 시인의 관심은 극빈자(노숙인)인 한 개인에서부터 집단으로까지 확대된다. 달동네에 대한 관심이 그것이다.

"…가슴이든 대문이든 항상 열려 있어/ 성탄의 의미 더욱 절절해지지만/ 찾는 이 없어 휑뎅그렁하고/ 갈 곳 없는 바람 한 줄기만/ 문지방에 내 걸린 목 늘어난/ 아빠 양말을 휘익 돌아 지나갈 뿐…"(〈달동네 성탄〉 중에서).

〈달동네 성탄〉은 시제 그대로 성탄을 맞는 달동네에 대한 시다. 성탄절은 성스러운 날. 만인들이 이 날을 축하하고 축복받고 은혜받기를 원한다. 달동네는 극빈촌의 표상이다. 달동네 역시 이날만큼은 축복과 은혜가 충만해야 마땅하다. 그런데 이 성탄의 의미도 비켜가는 안타까운 달동네의 현실, 이 안타까운 현실의 표정을 통해, 시인은 조용히 그 달동네로 관심을 향하라며 묵언의 메시지를 던져주고 있다.

이러한 달동네에 대한 시인의 관점은 한편으로 희망적인 메시지로도 표현된다. 즉 그는 〈꿈꾸는 땅〉이라는 시에서 달동네를 "…매번 허망히 산산이 부서지고 마는/ 그러나 포기하지 않고 또 꿈 하나씩 키우는" 땅이고 "잔등에 가난한 꿈 하나씩/ 짊어지고 사는 사람들의 땅"으로, "세 끼 밥줄에 목숨 건 사람들이 사는/ 천덕꾸러기 같은" 땅으로 그리고 있다. 그럼에도 "꿈이 있어/ 서로의 가슴을 나누는/ 따뜻한 사람들이 사는 땅"으로, 마지막으로 "새로운 날/ 태양이 뜨니/ 피폐해진 가슴들 위로/ 꿈 하나하나가 잉태하고/ 그 꿈들이 영글어 간다"며 긍정적인 희망의 메시지를 보내고 있다.

앞에서 조 시인의 사랑은 '하나님의 사랑'에서 비롯되었다고 지적한 바 있다.

예수는 하나님은 창조물과 인간을 함께 보살핀다고 주장한다. 예수는 2개의 큰 계명들(주 너희 하나님을 사랑하라…네 이웃을 네 몸처럼 사랑하라(막12:30~31, 마19:19)를 주었을 뿐만 아니라, 하나님은 당신의 창조물과 인간을 차별 없이 보살피고 사랑한다고 선언한다. 즉 하나님은 들풀을 입히시며 까마귀들을 기르시고(눅12:22), 해를 악인과 선인에게 비치게 하시며, 비를 의로운 자와 불의한 자에게 내리시며(마 5:45), 가장 보잘 것 없는 참새도 하나님이 기억하지 않고는 죽지 않

으며, 우리의 머리카락까지 세신 바 되었다(눅12:6~7)며 가장 신성한 하나님의 사
랑을 선포한다.

조 시인의 이러한 이웃에 대한 사랑의 시, 그리고 자연에 대한 애틋하고 절절한
사랑의 시가 전해주는 메시지는 바로 그의 시에 대한 정신이 바로 하나님의 사랑
에 바탕이 되는 것이었음을 방증한다고 할 수 있다.

그렇다면, 이제 자연에 대한 조 시인의 사랑은 어찌 표현되고 있는지 살펴보도
록 하자.

6.

이름이 없어도
아니 이름을 몰라도 좋다
그 어디에서든 하늘 아래이면
이 지구별에서 가장 아름다운 존재로
환하게 피어나는 그대

보기만 해도
가슴이 쿵쾅거리며 뛴다
엉겅퀴 개망초 며느리밑씨개라는
하찮은 이름으로 불려도
버려진 땅에 보는 이 없이
외롭게 피어도 상관없다
꽃다운 이름으로 피지 않아도
설혹 미움의 그늘에
홀로 피어도 좋다

나 쓰린 가슴으로

티 없이 맑은 가슴으로

억누를 수 없는 뛰는 가슴으로

그대 찾아가 만나므로

그리운 몸짓으로 일어나

사랑을 피우는 그대여

나 들꽃의 이름만으로

너를 사랑한다

생긴 그대로의 그대 얼굴이

신이 선물한 최선의 아름다움이므로

그대는 나 살아있는 동안

또 하나의 축복이므로

— 시 〈들꽃 사랑3〉 전문

이 시는 조 시인과 들꽃의 관계를, 조 시인이 들꽃을 어찌 보는지 잘 보여주고 있는 시다.

들꽃을 "이 지구별에서 가장 아름다운 존재"로 생각하는 시인은 그 들꽃이 "하찮은 이름으로 불려도/ 버려진 땅에 보는 이 없이/ 외롭게 피어도…(중략)…/ 꽃다운 이름으로 피지 않아도/ 설혹 미움의 그늘에/ 홀로 피어도 좋다"고 고백한다. 그 이유를 "보기만 해도/ 가슴이 쿵쾅거리며…" 뛰게 하는 존재여서 "…쓰린 가슴으로/ 티 없이 맑은 가슴으로/ 억누를 수 없는 뛰는 가슴으로…찾아가 만나"는 존재이기 때문이라고 고백한다. 하여 들꽃의 존재는 시인에게 사랑이고 축복이 된다.

들꽃은 조 시인이 사랑하는 대상이며 존재인 것이다. 들꽃의 운명을 함께 아파하고 눈물을 흘리고, 들꽃의 마음을 대신해 사랑을 고백하고, 박토에 피어난 들꽃의 운명을 아파해주며 위로해 주고, 들꽃이 되어 들꽃의 꿈을 이야기해 주고, 아름답고 더 나은 세상을 함께 고민도 한다. 이러한 들꽃에 대한 시인의 관점은 다른 여러 들꽃에 대한 시에서도 일관되게 표현되고 있음을 알 게 된다.

피어남으로

홀로여도 외롭지 않고

피어남으로

밤이 춥지 않고

피어남으로

비바람이 두렵지 않고

피어남으로

그리움도 서러움도 무한정 퍼 올려

환희의 내 사랑 찾아올까

눈 감지도 못하고

마침내 님이 찾아오지 않은 채

내 생이 사위어가더라도

후생에도 다시

꽃으로 환생하여

내 사랑 찾으리니

— 시 〈들꽃 사랑1〉 전문

시인이 들꽃이 되고 들꽃이 시인이 되는 경지다.

들꽃에 대한 이러한 사랑은 단순히 연민으로만 이루어질 수 없다. 들꽃의 존재 의의와 척박한 땅에서 피어나는 들꽃의 아픔과 그 운명을 이해해야 한다. 대화가 통하지 않더라도 무언의 대화가, 심정이 교감되어야 한다. 같은 피조물이라는 동류의식도 있어야 한다. 세상의 이치로 이해될 수 없는 경지다. 그러나 이러한 서로의 교감이 이루어졌을 때만 진정한 사랑이 가능해지며 그 사랑 위에 이러한 들꽃 사랑의 시가 나올 수 있다.

생명체인 들꽃에 대한 시인의 특별한 정서는 무생물에게도 같이 적용되고 있다. 조 시인에게 모든 존재물에 대한 가치관은 생명체에 대한 가치관과 하등 다를 것이 없음을 보여주고 있는 것이다.

사랑은 서로를 성숙시킨다. 서로 위해주고 나누고 부족한 것을 메꾸며 서로를 닮아가게 마련이다. 서로 배우기도 한다. 조 시인은 들꽃을 사랑할 뿐만 아니라 들꽃으로부터 사랑을 배우기도 한다.

조 시인은 '죽竹의 사랑은 곧 자기가 꿈꾸는 사랑'이라며 죽과 자기를 동일시한다("사철 푸른 달빛으로 물들이고/ 사철 푸른 바람으로 몸을 씻겨내며/ 솟구치는 그리움을/ 마디마디에 끊어 담으며/ 오직 한날을 그리는/ 늘 푸른 사랑/ 비우고 또 비워/ 텅 빈 가슴이 되었을 때/ 비로소 부를 수 있는 사랑/ 밑둥이 잘리어 생명을 다하는 날도/ 뿌리는 살아 또 다른 생명을 탄생시킬 수 있어/ 결코 꺾어질 수 없는 사랑// 내가 꿈꾸는 님에 대한 사랑입니다"(〈죽의 사랑〉 전부).

또 분수가 창공으로 솟구치는 것을 "하늘에 닿으려는 꿈 때문이니/ 매번 이루지 못하는 허망한 꿈이지만/ 그것만이 유일한/ 자유의 몸부림이어서이다"라고 말하고, 강에 대해서도 "천만년을 말없이 흐르며/ 무장히 태동시켰을/ 네 그리움이/ 내 몸을 관통하며 흐르니/ 내 그리움도 네 가슴에 담아/ 흘러 보낸다"(〈반변천〉 중에서)고 말한다.

바다와 일출에 대해서는 "붉은 기운이 하늘을 안고 누워있는 바다 위로/ 불덩이 하나 솟구친다/ 바다의 뜨거운 욕망이 끓어 넘쳐 너울을 일으키며/ 거친 숨 몰아쉬고 혼신을 다해 쏟아 붓는다/ 바닷물은 격정적인 몸짓으로/ 불덩이 하나를 받아내고/ 천지는 숨을 죽인다"(〈남해일출〉 중에서)"며 바다와 태양이 사랑하는 장면으로 표현하기도 한다.

"…꽃눈은 바다의 속살, 바다의 피돌기까지 파고들어 숨져갔다 바다는 종내 힘이 부쳐 꽃눈의 넋이 된 허연 눈물을 쏟아내고 피까지 허옇게 토해내며 밤새 바닷가를 두들겨 댔다 바위에 부딪치며 포효하는 바다의 울음은 서러운 눈꽃의 울부짖음이었다// 겨울이면 눈꽃의 후예들은 바다를 찾아가 선인들의 넋을 위로하듯 바다 위에서 화려한 군무를 추다가 일순 자폭하듯 바다 위로 꼬꾸라지고 또 다시 하얀 파도로 환생하고 그 몸뚱이마저 바위에 산산이 부딪치며 죽는다고 한다/ 서럽고 서럽게 호곡하며"(〈겨울바다, 눈꽃의 전설〉 중에서).

이 시는 조 시인의 무생물인 바다와 눈꽃에 대한 가치관과 시적 정서의 절정을 보여준다. 겨울바다와 그 겨울바다에 내리는 눈에 대한 사랑 그리고 깊은 사유와 상상력이 더해져 조형해낸 아름다운 시다.

7.

조 시인에게 모든 사람에게 가장 보편적인 에로스적 사랑의 시는 없는가?

있다. 그것도 4부에 있는 십 수 편에 이를 정도로 절절한 에로스적 사랑을 그린 시들이 있다. 그런데 이러한 사랑의 시들도 가슴을 울리고 있다. 아마, 이들 대부분 시편에서 '당신'이나 '그대' 또는 '님'은 한용운 시에서 느끼는 다의성을 느낄 수도 있었지만, 필자에겐 '사랑하는 연인'으로 읽혀졌다.

오늘날 에로스가 '에로티즘' 또는 유희와 같은 말로 간주되고 있긴 하지만, 실제로 플라톤에 의하면 에로스는 '절대의 선善을 영원히 소유하려고 하는 차원 높은 충동적 생명력'이었으며, 성 어거스틴도 에로스를 사람으로 하여금 하나님에게로 나아가는, 즉 에로스를 하나님과 합일하는 종교적 체험으로 보았듯이, 조 시인도 새롭게 시작한 에로스적 사랑으로 신(하나님)에 대한 사랑이 더욱 깊어지고 있음을 부끄러움 없이 토로하고 있다.

그런데, 라이너 마리아 릴케는 〈젊은 시인에게 보내는 편지〉에서 "사랑의 시는 쓰지 않도록 하십시오. 우선 흔히 있는 일상적인 형태는 피하도록 하십시오. 그것들이야말로 가장 힘든 것입니다. 비록 얼마 되지 않지만, 훌륭하고 빛나는 전통으로 이어져 내려오는 것이 숱하게 많은 형편에, 독자적인 것을 나타내자면 보다 힘차고 무르익은 역량이 필요하기 때문입니다"라고 말하고 있을 정도로 실로 사랑의 시는 어려울 수밖에 없다. 가장 보편적이고 상식적인 감정의 사랑을 실감 있게 또 새롭게 표현한다는 것은 너무 어렵기 때문이다.

그런데도 조 시인은 초보 시인답지 않게 사랑의 시편들에서 그 '사랑'을 감동적으로 그리고 있다. 그 감동은 물론 자기의 님에 대한 사랑을 부끄러움 없이 진솔하게 표현한 데서 온다.

당신 떠난 뒤
한 나절이 지나갔지만 여태 침대에 뒹굴고 있습니다

까닭 없이 맥이 풀려 꿈쩍도 않고

마냥 누워 있습니다

밖으로 나가도 어디 발 내디딜 땅도

어디 우러러 볼 하늘도 없습니다

밥맛도 씻은 듯 사라져버려

커피만 두어 잔 마셨을 뿐입니다

아 어찌 합니까

정상이 아닙니다

며칠 후에 찾아오고 그때 만나면 되는 일인데도

당신이 곁에 없다는 게

이처럼 외롭고 공허하게 만들다니요

정녕 제가 이상해져 버린 겁니까

이런 것도 사랑이어서인가요

아니면 내 사랑이 미친 사랑이어서인가요

내 이성과 논리가 무너져버린

그 무엇으로도 설명이 안 되는

사랑의 늪에 빠져들고 있습니다

나는….

— 시 〈찾아온 사랑〉 전문

시인은 이처럼 사랑을 "내 이성과 논리가 무너져버린/ 그 무엇으로도 설명이 안 되는/ 사랑의 늪에…" 빠져든 사랑이었다고 토로하고 있다. 또 "…당신에게 향하는 문이/ 무엇으로 만들어진 것인데/ 마음의 문을 죄다 꼭꼭 여며 닫아도/ 당신에게 향하는 문은/ 어느 샌가 활짝 열리고 맙니다/···아무런 대책이 없습니다/ 내 인생의 여정에/ 기적처럼 뛰어든 당신/ 나를 미친년으로 만들고 있습니다"(〈당신은 누구신가요〉 중에서)고 그리고 있다. 그리고 자신에게 다가 온 사랑을 '눈물 강을 건너온 존귀한 사랑'이라고 고백한다(〈당신은 참 존귀한 사랑〉 중에서).

또 시인은 고백하고 있다.

내 반생을 무위로 돌려놓으시고

하늘이 땅으로 내려앉은 듯 기적의 나날을

선물해 주신 당신은 누구신가요

당신 앞에 서면 바보가 됩니다

눈물이 가슴에서 샘이 솟습니다

당신 앞에서는

어둠도 더 찬란한 빛이 되어버립니다

세상은 전혀 다른 세상이 되어버립니다

당신 앞에서 나는

예전의 나와 전혀 다른 내가 되어버립니다

말 한 마디에 눈물이 솟고

농 한 마디에 가슴이 무너집니다

엷은 미소 한 자락에 가슴이 터질 듯 부풀어 오릅니다

당신의 의미는

이승에서는 내가 도무지 답을 찾을 수 없는

불가해한 존재입니다

— 시 〈당신의 의미〉 전문

조 시인의 '사랑'에 대한 절창의 시가 아닐 수 없다.

그런데 조 시인은 나아가 이 '사랑'을 이 세상에서 가장 아름다운 사랑으로, 하여 더욱 풍요로운 삶을 영위해 가는 사랑으로 승화시키고 있다.

즉, "우리 두 마리의 작은 사슴 되어/ 아무도 돌보지 않아도/ 누구로부터 버려져도/ 두 몸뚱이 의지할 거처만 있다면/ 족하고 넘쳐나는 평화 만드리/ 그리고 힘이 더 남아 있으면/ 우리 바깥의 평화도 돌보리"(〈사랑을 위하여1〉 중에서)라고 희망적인 결의를 드러낸다. 에로스적 사랑을 더 크고 깊은 사랑으로 승화시키겠다는 결의를.

조 시인의 사랑은 "하늘이 땅으로 내려앉은" 사랑이다. 하여 시인은 "내가 살아 있는 동안/ 오늘의 나를 존재하게 한 하늘을 위해/ 그리고 땅을 위해, 이웃을 위해/ 함께 외로워하고/ 함께 아파하고/ 함께 눈물 흘리기를"(〈나, 기도합니다〉 일부) 기도하는 것이다.

조 시인의 사랑은 결국 하늘(하나님)에 대한 사랑을, 지상에서의 사랑으로 실현하고자 하는 것이다. 그 사랑이 비록 에로스적 사랑일지라도 단순히 에로스적 사랑에 머물지 않고, 하나님에게로 가는 사랑으로, 더 깊고 큰 이웃에 대한 사랑으로, 만물에 대한 사랑으로 승화되는 사랑인 것이다.

이처럼 조 시인이 그리는 사랑은 맑고 투명하다. 그리고 아름답다.

아름다운 것은 영원하다. 조 시인이 그리는 사랑, 그것은 아름답고 영원한 사랑이다.

이처럼 조 시인은 이성의 에로스적 사랑에서도 영원한 사랑을 꿈꾸고 그 실현에 최선을 다하려고 한다.

참으로 모든 사람들에게 각인될 순수하고 깨끗한 사랑이 아닐 수 없다.

8.

마지막으로, 조 시인은 시 〈새로 시작하리라〉에서, 시인으로서 새로운 자신의 길이 열리면서 "외면했던 세상도 눈에 밟힌다/ 남은 인생 내가 해야 할 일도 보인다/ 내가 찾아야 할 사랑도 보인다/ 이제 남은 생은 주님의 부름 아래/ 시인의 의지로 열리는 새 길을…" 당당히 걸어가겠다고 선언한다. 자신의 영원한 사랑의 실현을 위하여 "하나님의 사랑과 정결한 시인의 마음으로/ 무장하고…" 가겠다고 선언한다.

새로 시작하는 시인으로서의 길, 새로운 사랑을 꿈꾸고 그 사랑의 삶을 실현해 가는 그 길이 부디 축복받은 길이길 기원한다.

그리고 우리는 훗날, 이 세상에서 가장 아름다운 사랑의 시를 쓰는 시인의 탄생을 목도하게 될 것이다.

시어詩語에 숨어 있는 사랑과 서정

— 조혜자의 시 세계

성기조·시인, 평론가, 전 한국펜클럽회장

1.

조혜자는 《문예운동》에서 추천한 시인이다.

전라도 장흥에 사는 김선욱 시인이 자신이 이끄는 시 동아리에서 발견해서 시인으로서 자질이 있고 또한 시 쓰는 재주가 충분하여 시인이 될 만하다는 말과 함께 원고를 보내 왔기에 추천위원들에게 보여서 시인이 되는 관문을 통과한 사람이다.

김선욱 시인이 이끄는 시 동아리 이름은 '시인 세상', 아마 시인이 이 세상을 쥐락펴락 한다면 세상이 더욱 아름다워지리란 염원도 있었기에 그런 이름을 가졌는가 싶다.

조혜자의 고향은 경북 영양 주실 마을이라고 한다.

그 마을은 우리의 시인 조지훈의 고향이기도 하다. 조지훈은 청록파의 동인으로 우리나라의 시를 몇 등급 올려놓은 큰 업적을 쌓았고 특히 선비정신을 몸소 실천한 분으로 우리들의 가슴을 시원하게 만들고 머리를 조아려 무겁게 처신할 줄 알게 한 드문 시인으로 '詩시의 詞宗사종'으로 존경받는 분이다.

한 동네에서 나서 자랐고 또한 그 분의 행실을 어려서부터 들었을 터이니 시인의 도리가 어떠해야 하는지 알 만한 사람인 것 같다. 그래서 그런지 조혜자는 중학교를 다닐 때부터 글쓰기를 좋아했다고 한다. 선생이 쓴 습작 노트를 보면서 자신도 그렇게 써야 한다는 의무감을 키웠고 또한 자신의 습작품을 갖다드려 지도를 받았다고 한다.

이 분은 이미 시단에 나와 시집을 간행했고 활발하게 활동하는 분으로 지금까지 서로 만나기도 하고 文通문통도 이어지고 있다니 본받을 만한 일이다. 말하자면 조혜자가 늦게나마 시인이 된 구체적인 이유를 찾는다면 그 선생님의 영향이라고 말할 만하다.

'시인 세상'에서 활동하기 이전에도 '시를 사랑하는 모임'에서 활동했는데 이 모임은 오래전부터 있어 왔던 시 동아리였던 모양이다. 시의 고향 같은 생각이 든다고 말한다. 지금까지 조혜자가 시를 붙잡고 놓지 않은 것을 보면 그녀는 꼭 시인이 되어야 하겠다고 發願발원했던 것 같다.

2.

조혜자 시인이 시집에서 가장 많이 노래한 것은 사랑이다. 당연하다. 문학은 삶의 기록이기 때문에 자신이 느끼고 생각한 것들을 기록으로 남기는 예술이다. 인간에게서 빼놓을 수 없는 공통점이 두 개가 있다. 하나는 사랑이고 또 하나는 죽음이다. 이 두 가지는 빼놓을 수 없는 것으로 사람이면 누구나 겪는 일이다. 때문에 사랑은 죽음처럼 강하고 죽음은 극성스럽게 우리들을 놓아 주지 않는다. 사랑은 여러 가지 얼굴을 가지고 있기 때문에 받아들이기가 무척 힘들다. 때로는 짐승 같은 모양으로, 때로는 천사 같은 모양으로 다가온다. 그래서 사랑을 불길에 비유한다. 불길을 알아차리기 위하여 먼저 마음부터 태워야 한다.

사철 푸른 달빛으로 물들이고

사철 푸른 바람으로 몸을 씻겨내며

솟구치는 그리움을

마디 마디에 끊어 담으며

오직 한날을 그리는

늘 푸른 사랑

비우고 또 비워

텅 빈 가슴이 되었을 때

비로소 부를 수 있는 사랑

밑둥이 잘리어 생명을 다하는 날도

뿌리는 살아 또 다른 생명을 탄생 시킬 수 있어

결코 꺾어질 수 없는 사랑

내가 꿈꾸는

님에 대한 사랑입니다

― 시 〈竹죽의 사랑〉의 전문

　사랑에 대한 情念정념이 너무 강하다. 강한 정념을 대나무에 비유하고 있다. '푸른 달빛'으로 '푸른 바람'으로 몸을 씻기고 '솟구치는 그리움'을 '마디 마디'에 담으며 오직 '한날을 그리는/ 늘 푸른 사랑'은 고귀하고 진실 되고 아름답다. 이런 사랑이 대나무 마디 마디 텅 빈 곳에 간직되었다면 얼마나 행복할까? '밑둥이 잘리어 생명이 다하는 날도/ 뿌리는 살아 또 다른 생명을 탄생시킬 수 있어/ 결코 꺾어질 수 없는 사랑'이 된다면 그것이 바로 '내가 꿈꾸는/ 님에 대한 사랑입니다'.

　이 시를 읽으면서 타고르를 생각했다. 그가 말한 "사랑이란 영혼의 궁극적 진리"란 말을 가슴에 담으며 깊은 호흡을 했다. 사랑은 진실이고 진리일 수밖에 없다는 굳은 의지를 머릿속에서 그려 보았지만 사랑은 실제 어떤 것인가 보이지 않았다. 사랑은 무엇일까? 결국 정신을 활활 태우는 불꽃이었다.

조혜자는 '내가 꿈꾸는 사랑'에 대한 대답을 '푸른 대나무'로 대신하고 있다. 대나무는 굳은 의지와 절개, 충절, 한 번 마음먹으면 바뀌지 않는 굳은 의지를 상징한다. 우리나라에서는, 특히 글 쓰는 선비들이 아껴 대나무처럼 곧고, 대나무처럼 정직하게 살라고 四君子사군자의 반열에 넣고 대나무를 본받기 위하여 정원이나 뒤란에도 심는다. 사랑을 그런 대나무에 비유하는 조혜자의 강인한 마음은 타고르의 말처럼 사랑은 영혼의 궁극적 진리임을 나타내고 있다.

짙은 안개 스멀스멀 다가와
우리 눈이 멀어지거든
내 혀로 당신 몸을 핥아대며 더듬고
한파를 헤쳐 오느라 당신 몸이 얼거든
내 뜨거운 몸으로
당신의 언 몸을 풀어 주고

— 시 〈눈물 강이 되리〉 제1연

넓은 잎새의 그늘 아래로
얼굴을 숨긴 이유를 모르시나요
부끄러워서도
죄 지어서도 아닙니다
더없는 순백의 사랑을
홀로 키우기 위해서입니다

(…… 중략)

누군가의 시선도 아랑곳없이

가장 낮은 자리에서

때 묻지 않기를 바랄 뿐입니다

오로지 님 그리는 열망으로

님을 찬양할 뿐입니다

내 삶의 다하는 순간까지

— 시 〈은방울꽃〉의 부분

눈이 멀어 당신을 못 보아도 '내 혀로 당신 몸을 핥아대며 더듬고/ 한파를 헤쳐오느라 당신 몸이 얼거든/ 내 뜨거운 몸으로/ 당신의 몸 풀어 주고'라는 구절에서 느끼는 사랑은 오직 희생뿐이란 것을 알게 된다. 희생은 자신을 모두 바치는 것이다. 때문에 사랑이 없으면 희생도 없다. '내 혀로 당신 몸을 핥아대며 더듬는' 희생이 없고서는 당신을 확인할 수 없다면 얼마나 절박할 것인가?

'사랑은 타버리는 것'이라고 R. M. 릴케는 『말테의 수기』에서 말했다. 그러면서 '사랑하는 것은 어둔 밤만 켠 램프의 아름다운 불빛이요, 사랑받는 것은 꺼지는 것, 그러나 사랑하는 것은 긴 긴 지속'이라고 말하였다. 사랑은 받기보다 주는 게 더 중요하다. 사랑은 온 몸이 눈이 되지만 아무 것도 보지 못한다. '넓은 잎새의 그늘 아래로/ 얼굴을 숨긴 이유를 모르시나요'란 〈은방울꽃〉의 첫 연을 보면 조혜자의 사랑에 대하여 이해하게 될 것이다. 얼굴을 가린 이유는 부끄러워서도, 죄 지어서도 아니다. 다만 원하는 것은 '순백의 사랑'을 위해서다.

순백의 사랑, 오직 순결한 사랑을 위해 넓은 잎새 그늘 아래 숨었다는 수줍음은 진실한 사랑이다. 진실한 사랑이기 때문에 '누군가의 시선도 아랑곳없이/ 가장 낮은 자리에서/ 때 묻지 않기를 바랄 뿐입니다'라고 다짐한다.

가시에 찔려야 장미를 꺾는다. 순수한 사랑을 하게 되면 때에 따라 죄를 짓게 되는 것, 사랑은 참으로 정답이 없는가? '때 묻지 않기를 바랄 뿐' 오로지 그 님을 그리는 열망으로 살겠다는 단단한 각오가 조혜자의 사랑의 철학이다.

> 길을 걷는다. 그가 그리운 시간이면
> 이름 모를 많은 사람들이 내 곁을 스치고
> 이름을 알 수 없는 들꽃이며 잡풀이며 나무들이 내 곁을 스쳐도
> 정체를 드러내지 않는 그 놈이 숨어 있다
> 볼을 스치는 바람결 뒤에도
> 이제는 마네킹처럼 외롭게 서있는 우체통에도
> 진한 아메리카 커피향이 코끝을 찌르는 커피숍 밖에도
> 그리움, 그 놈은 난데없이 나타나 가슴 속으로 파고든다

— 시 〈사랑은 삶을 견디게 한다〉의 첫 연

그리움을 떨치지 못하는 고백이다. 그리움은 보고 싶거나 사모하는 마음이다. 때문에 사랑은 그리움의 다른 말이다. 일상의 삶에서 '정체를 드러내지 않는 그 놈이 숨어 있다'에서 '그 놈'에 대하여 주의해 보라. '그 놈'은 바로 그리움이다. '그 놈'이 '볼'을 스치는 바람결에도 마네킹에도, 우체통에도, 커피의 짙은 향기에도, 언제나, 나타난다면 어떻게 될까? 그뿐인가. '가슴을 파고 드'는 것이라면 조혜자의 삶은 온통 사랑으로 꽉 채운 불덩어리가 되어야 한다. 그만큼 사랑은 삶의 전부가 된다. 그래서 '늘 일상처럼 나를 옭아매며/ 나를 키우는 것이 사랑이다'라고 고백한다.

3.

탐진강 ⓒ 마동욱

    조혜자의 이번 시집에서 제일 많이 노래한 것은 사랑을 주제로 한 시였고 두 번째가 봄에 관한 것이었다. 사랑과 봄은 문학적으로 아주 밀접한 관계가 있다. 더구나 시인에게 있어서는 봄을 詩化시화하는 일이 많기 때문에 인생의 청춘시기를 봄에 비유하기도 한다.

    봄, 참으로 아름다운 계절이다. 이 아름다운 봄에 대한 두 가지 대표적 견해가 있다. 영국의 워즈워드는 '봄철의 숲속에서 솟아나는 힘은 인간에게 도덕상의 악과 선에 대하여 어떤 현자보다도 더 많은 것을 가르쳐 준다'고 했다. 그러나 R. W. 에머슨은 '봄철의 모든 것은 사랑으로 연결된다'고 말하였다.

첫 번째의 견해는 악과 선을 구별하는 방법을 지혜 있는 자보다 더 잘 가르쳐 주는 게 봄이라고 말했고, 두 번째는 '봄에 일어나는 일, 모든 것은 사랑으로 연결된다'고 결론지었다. 도덕과 윤리, 선과 악을 꽃 피고 열매 맺는 봄에서 배우라는 말씀이고 또 하나는 화창한 봄날에 아름답게 변하는 대자연 속에서 오직 사랑만을 노래하라는 것이다.

이 두 가지 중요성을 조혜자는 적절히 응용해서 '봄'에 관한 시편들을 쓰고 있다는 생각이 또 참으로 건전하다.

(…… 전략)

그리운 사람아
나 겹겹 겨울 산허리 헤매일 때
칼바람이 가슴을 휘휘 휘감기고
절망은 눈발 되어 흩날렸다
걸어 온 길이 진리라 믿었던
나의 순수는 무너지고
미처 펼치지 못한 꿈들은 산산조각이 났다
어디에도 길은 보이지 않았다
눈물로 다가오는 사람아……
이제 저 비 그치면
네 가슴 내 가슴 활짝 열어젖히고
푸르게 봉홧불 불씨 키우며

서럽고 아프게 부둥켜안고

낮설지만 서로의 눈짓으로

새 길 익히며 걸어가리

(…… 중략)

우리 모두에게 지워졌던 길도

새롭게 열리고 뚫리리니

오래 전부터 꿈꾸어 온

푸르고 환한 날들도

환히 피어나리니

— 시 〈봄의 편지〉의 일부

봄의 편지, 봄에게 보내는 편지다. 봄은 만물의 조화를 일으키는 계절이다. 여름은 더위에 짜증나고 가을은 쓸쓸하다. 겨울은 모두 꽉 막혀 일방적이지만 봄은 때에 따라 화창하고 또한 슬프기도 하다. 저절로 노래가 나오는 것도 봄이다. 때로 눈물도 흘려 사람마다 그 감정이 천 가지 만 가지로 변한다. 취했을 때 바라보면 즐겁고 술 깬 뒤에 바라보면 슬퍼지고 궁할 때는 왜 그리 구름과 안개가 많은가. 그러나 호화스러울 때 봄을 바라보면 하늘도 맑다.

봄은 사랑이고 요술쟁이가 되는 원인이다. 겨우내 땅 속에 묻혔던 뿌리가 흠뻑 물을 머금고 '눈물뿐인 뿌리에 입맞춤'하는 것은 새로 시작하는 '사랑이어라'. 사랑과 봄에 관해 관찰의 결과를 쓴 구절이다.

겨울이 지나야 봄이 온다. '겹겹이 겨울 산허리를 헤매일 때/ 칼바람이 가슴을 휘휘 휘감기고' 간 뒤에야 봄이 온다, 겨울의 황량한 풍경을 적절히 표현한 대목

이다. 이런 황량함이 지나고 '푸르게 봉홧불 불씨 키우며/ 서럽고 아프게 부둥켜
안고/ 낯설지만 서로의 눈짓으로/ 새 길을 익히며 걸어야' 봄이 온다.

　조혜자는 봄을 기다리기 위하여 엄청난 시련과 인내를 겪는다. 이런 인내와 시
련을 겪어야 봄은 꽃을 선사한다.

　　이름이 없어도

　　아니 이름을 몰라도 좋다

　　그 어디에서든 하늘 아래이면

　　이 지구별에서 가장 아름다운 존재로 환하게 피어나는 그대

　　보기만 해도

　　가슴이 쿵쾅거리며 뛴다

　　엉겅퀴, 개망초, 며느리밑씻개라도

　　하찮은 이름으로 불러도

　　　(…이하 생략)

　　그리운 몸짓으로 일어나

　　사랑을 피우는 그대여

　　나 들꽃의 이름만으로

　　너를 사랑한다.

　　생긴 그대로의 그대 얼굴이

　　신이 선물한 최선의 아름다움이므로

　　그대 나 살아 있는 동안

(…이하 생략)

— 시 〈들꽃 사랑·3〉의 일부

지구별에서 가장 아름다운 것이 들꽃이라고 정의한 뒤 조혜자는 스스로 좋아하는 사랑이거나 또는 자신을 모두 들꽃이란 포괄적인 말로 나타내고 있다. 들꽃, 힘없는 말이지만 가장 중요한 말이다. 들꽃이 없으면 지구도 황량하기 이를 데 없을 테니까. 가장 중요한 꽃이란 사실도 알아야 한다. 들꽃이란 보잘 것 없는 이름이지만, 또한 꽃다운 이름을 가진 풀꽃들이다.

들꽃, 풀꽃, 모두 民草민초란 말과 의미가 통한다. 하찮지만 귀중한 것은 바로 제 일만 하는 사람들이다. 그들은 힘도 없다. 벼슬도 없다. 돈도 없는데 굶지 않고 살아간다. 참으로 용한 백성들이다.

하얀 나비 떼
탱자꽃 울타리에 춤추며 내려앉으니
텃밭에서 김매던 어무이 머리를 뒤집어 쓴
하얀 수건도 나풀나풀 춤추고
어린 햇살은 천지를 휘젓고 싸돌아 댕기다
마당에서 숨 고르고
나비들은 배추꽃 무꽃 쑥갓꽃에
고단한 날개 접고
나른한 졸음에 빠진다

(……중략)

고향의 봄날은

아득한 그리움을 피워 올리며

스멀스멀 흐르고 있었다

— 시 〈고향의 봄날〉의 일부

탱자꽃, 어무이 머리에 뒤집어 쓴 수건, 나풀나풀 춤추는 나비는 모두 하얀 색깔이다. 순백이고 순결하다. 여린 햇살이 천지를 휘젓고 다니다가 마당에서 숨고르기를 한다는 표현은 얻기 어려운 佳句가구다. 이만한 표현을 얻기 위하여 조혜자는 무척 힘든 습작 기간을 보냈을 것이다.

어렸을 때의 고향이 눈앞에 선하게 펼쳐지고 머릿속에 펼쳐진 고향을 그리며 시를 짓는 조혜자는 봄날이 돌아온 게 무척 반갑고 신기하다.

'고향의 봄날은/ 아득한 그리움을 피워 올리며/ 스멀스멀 흐르고 있었다'는 마지막 구절에서 조혜자가 왜 봄에 관한 시를 많이 썼는가 짐작되는 게 있다.

4.

시가 主情的주정적이라는 것은 시를 다루는 사람이면 모두 안다. 주정적인 시를 다루기 위하여 한 발짝 앞서 가면 시는 주정적인 것, 주지적인 것, 주의적인 것 등으로 나눌 수 있고 다시 주정적인 것을 구분하면 감각을 주로 한 것과 정서를 주로 한 것, 그리고 정조를 주로 한 것 등으로 나눌 수 있다. 하지만 모든 시가 이 범주에 들어간다고 보기는 어렵기 때문에 작가의 주관적인 감정을 조금도 삽입하지 않고 자연의 풍경을 그려낸 시를 서경시라고 한다.

조혜자의 시에서 서경시라고 보기에는 어렵지만 주정적인 시라고 보기 어려운 몇 편의 시가 있어 주목을 끈다. 그러나 그런 시편들도 자세히 검토해 보면 주정적 범위를 벗어나지 못하고 있다.

질긴 생명력으로
천관산 기어올라 터 잡아
봄바람 풀벌레 소리에 살찌운다

어둠이 내리고
유성 하나 길게 떨어질 때
쪽진 마리 풀어 산 능선을 뒤덮으니
새벽이슬 질퍽하니 애모한다

바람 맞는 여인의 춤사위로
걸팡지게 한마당 어우러지며
하늘 아래 산상 화원이 펼쳐지니

풍운의 젖가슴 열어젖힌 몸짓에

하늘도 숨을 죽이고
시선 머무는 곳마다 그림이구나

아 메말라버린 속내가
소리 내어 우니
그리움의 단내가
천관산을 뒤덮는구나

— 시 〈천관산 억새〉의 전문

    시의 제목은 서경적이다. 하지만 시가 내포하는 의미는 서경을 마음속 깊이 받아들이면서 인간의 삶과 깊이 있는 생각에 관계를 맺고 있다. 말하자면 천관산의 아름다운 풍경을 '시선 머무는 곳마다 그림'이라고 감탄하는 대목에서는 이 세상의 어떤 아름다운 경치보다도 이만한 곳이 없다는 결론에 도달하게 된다. 더구나 '메말라버린 속내가/ 소리 내어 우니'에서는 속이 빈 억새가 우는 소리를 들으며 그 소리가 '그리움의 단내'로 표현한 대목에서는 絶唱절창이란 생각을 갖게 된다.

막 버스가 올 무렵이면
어무이는 서녘 하늘을 오래 바라보았다
그림자보다 길게 드러누운 아픔을 가슴으로 끌어안고
몇 해째 집 찾지 않는 딸을 생각하느라
행여 오늘은 오리라
무망한 꿈 한 점
어루고 다독이다
산 넘어 산을 넘어 달려가고

기어코 속으로 감추느라 붉어진 눈물이
서산 하늘을 가득 물들인다

— 시 〈노을〉의 전문

나는 이 시를 읽으면서 우리가 겪은 70년대를 생각했다. '잘 살아 보세'란 새마을 노래를 부르며 우리의 농촌은 모두 새벽부터 일어나 일을 시작했다. 그 무렵 농촌의 딸들은 모두 서울로, 공장으로 갔고 그들이 만든 제품들이 세계로 팔려 나가면서 우리들이 먹고 사는 기틀을 마련하고 경제가 일어서기 시작할 때, 정말 고향집에 돌아갈 틈도 없었다. '몇 해째 집 찾지 않는 딸을 생각하느라/ 행여 오늘은 오리라' 기다리는 어머니의 마음이 읽혀졌다.

그런데 여기서 시인이 그린 그 어머니는 더욱 절절하고 각별하다. 집에도 오지 않고 무슨 기별도 없는 딸이 오늘은 오려나 하고 동구 밖에서 기다리는 그 어머니의 안타까운 마음이 '기어코 속으로 감추느라 붉어진 눈물'로 나타나고 그 붉어진 눈물이 '서산 하늘을 가득 물들인 노을빛'이었다고 노래하고 있다. 어머니에 대한 생각이 절절하게 표현된 시가 아닐 수 없다. 더불어 참으로 안타깝고 힘든 세월을 살아가는 우리 어머니들은 이런 어려움을 겪으면서도 마무 말도 못했다. 참으로 '벙어리 냉가슴 앓는' 정상이다.

섣달 그믐날
기어코 봉인된 하늘 문 열리니
순백의 눈송이가 하늘에서 춤을 춘다
겨울바람은 음률처럼 흐르고
흰 눈이 춤사위가 황홀하다
나뭇가지에 매달린 눈송이가

꽃처럼 아름다운데
세상은 흰 이불을 덮고
잠에 취했다.

— 시 〈서설〉의 전문

세상이 흰 이불을 덮고 잔 것처럼 눈이 내렸다는 끝 귀에서 찬탄을 금할 수 없었다. 짤막한 한편의 시에서 이만한 감흥을 얻기란 쉽지 않다. '봉인된 하늘 문'이 열리고 '순백의 눈송이가 하늘에서 춤을 춘다'는 첫 부분도 아주 절제된 표현으로 눈이 내리는 연말 풍경을 잘 그려내고 있다. 그 다음이 얻기 어려운 구절이다. '겨울바람은 음률처럼 흐르고/ 흰 눈이 춤사위가 황홀하다'란 이런 표현은 아주 능숙하다. 짧은 시일수록 단어의 선택이 중요하다. 적절한 어휘가 제 자리에 앉을 때만이 문장이 완벽해진다.

밑으로만 흐르던 물이
창공으로 솟구친다고 탓하지 마라
하늘에 닿으려는 꿈 때문이니
매번 이루지 못하는 허망한 꿈이지만
그것만이 유일한
자유의 몸부림이어서이다
솟구칠 때 한 몸인 건 꿈이 너무 간절해서이다
꿈이 간절한 만큼 높이 솟구치지만
높이 솟구칠수록 좌절도 크고
몸뚱이는 더 많은 갈래로
찢어지는 것을 모르지 않지만

그럼에도 그 아픔 감내하며

매번 높이 더 높이 솟구치려 하는 건

떨어지며 더 많은 물안개를 일으키고

선연한 무지개도 더 많이

만들 수 있기 때문이다

폭포의 낙하수가 아닌

역류수로 네가

아름다운 이유이다

— 시 〈분수〉의 전문

시어의 선택과 표현이 알맞다. 적절한 자리에 단어(시어)가 들어앉아야 좋은 시가 된다고 앞에서도 말했지만 예로 든 시 〈분수〉를 읽으면서 독자들은 어떤 생각을 가질까? 완벽한 문장을 만드는 데는 깊은 관찰과 그 결과를 표현하려는 낱말이 알맞아야 하는 게 첫째고, 둘째는 그 낱말들이 스스로 조합을 이루어 표현하고자 하는 내용을 빠짐없이 나타내야 된다.

이런 원칙에서 좋은 시, 좋은 문장을 구별해 낸다면 단연 〈분수〉 같은 시를 골라야 한다. 조혜자는 우선 문장을 다룰 줄 안다. 때문에 시가 읽기 쉽고, 나타내고자 하는 것들을 속속들이 독자들이 알게 된다. 표현기법에 충실한 시일수록 좋은 시요, 잘된 시가 된다는 사실을 알아야 한다.

'밑으로만 흐르던 물이/ 창공으로 솟구친다고 탓하지 마라', 분수의 모양과 기능, 분수대까지 완전하게 표현하고 있다. 그러면서 솟구치는 물은 '하늘에 닿으려는 꿈 때문'이라고 결론을 내린다.

위로 올라가는 힘, 上昇心理상승심리가 표현됨은 인간의 발전을 간접적으로 형상화한다. 이루지 못하는 인간의 꿈은 허망하지만 위로 솟구치려는(완성시키려는 노력) 것이 유일한 꿈이고 자유의 몸부림이란 조혜자의 견해에 동의하지 않을 수 없다.

분수가 해야 할 일은 하늘 높이 물을 쏘아 올려야 한다(낙하수가 아닌 역류를 만들어야 하는). 그러나 물은 아래로 흐르는 일만 한다. 이를 끌어 올려 하늘 높이 쏘아 올려야 하는 분수의 기능을 단 석 줄로(제2연 끝부분 석줄) 완성시키고 있다.

선 하나 가물거리니
저 멀리 수평선이 소란스럽다
붉은 기운이 하늘을 안고 누워 있는 바다 위로
불덩이 하나 솟구친다
바다의 뜨거운 욕망이 끓어 넘쳐 너울을 일으키며
거친 숨 몰아쉬고 혼신을 다해 쏟아 붓는다
바닷물은 격정적인 몸짓으로
불덩이 하나를 받아내고
천지는 숨을 죽인다
하루도 거르지 않고 솟는 햇덩이를
넉넉함으로 받아들이는 남해 바다
변함없는 그 자리에 붉은 해가 솟는다

— 시 〈남해 일출〉의 전문

남해 섬에 가본 사람이면 〈남해 일출〉을 이해하게 될 것이다. 금수산 꼭대기에 있는 암자에서 내려다 본 일출의 장엄한 광경이 불과 열두 줄의 시 속에 완벽하게 담겨 있다. 금수산은 이성계의 조선건국과 관계되는 이야기를 지니고 있다. '붉은 기운이 하늘을 안고 누워 있는 바다 위로/ 불덩이 하나 솟구친다'는 장엄한 장면을 금수산 꼭대기에서 본 사람이면 해가 솟는 광경의 아름다움을 알 것이다. 한마디로 입이 벌어져 닫히지 않는 아름다움이다.

'불덩이 하나'는 바다 위에 솟는 해, 뜨거운 욕망이 끓어 넘쳐 너울을 일으키고 (격정적인 몸짓으로 불덩이 하나를 받아내고) 천지는 숨을 죽인다.

'하루도 거르지 않고 솟는 햇덩이를/ 넉넉함으로 받아들이는 남해 바다/ 변함없는 그 자리에 붉은 해가 솟는다'

해가 솟는 자연의 조화는 막을 내리고 내일도, 또 모레도 그대로 이 일은 반복될 것이다. 아름다운 시 한편을 읽으면 꽉 막혔던 기도가 열리듯, 가슴이 시원해진다.

5.

정남진 바다 ⓒ 마동욱

조혜자의 시를 언급하기 위하여 세 개의 단원으로 구분하였다. 1.과 5.는 첫머리와 끝부분에 관한 것이고 본격적인 논의는 다음과 같다. 2.에서는 사랑에 관한 시를 뽑아 묶었고 3.에서는 봄에 관한 시를 뽑아 함께 언급했다. 4.에서는 그리움과 슬픔, 그리고 자연을 노래한 서경시적 한계에 머무는 시편들을 논의해 보았다. 이러한 분류는 순전히 글을 쓰기 위한 한 방법으로 필자의 임의가 개재된 선택이었음을 말해 둔다.

모든 시인들이 즐겨 노래하는 것은 사랑이고 또한 자연 풍광의 아름다움이겠지만 이런 것들이 언어예술인 시에 들어 앉아 우리들의 가슴을 울리고 흥을 돋게 해주는 일을 만들기 때문에 시인들은 이러한 글감을 즐겨 시로 남긴다.

조혜자의 시를 읽으면서 한 마디로 말할 수 있는 것은 시인으로서 충분한 자질을 가졌음이요, 또한 언어 선택이 다른 사람에 비하여 능숙하다는 것을 알게 되었다.

이 두 가지 사실은 글을 알게 되는 기초가 된다. 모든 시인들이 조혜자만큼 문장을 다루고 시어를 선택할 수 있다면 우리 한국시가 좀 더 활발한 발전을 꾀할 수 있을 것이란 생각을 갖는다.

좋은 시인은 자신의 삶도 귀중하게 여기는 사람이다. 때문에 우리들은 문학, 특히 시를 쓴다는 것 하나만으로도 문학적 자존심을 축적해 나가고 옳고 곧은 일에만 눈길을 주면서 자연과 교감하는 눈을 훈련해 나가야 한다고 생각한다. 이것만이 시인의 길이다.